괜찮아!
힘들 땐
울어도 돼

괜찮아! 힘들 땐 울어도 돼

초판 1쇄 발행 ǀ 2019년 8월 12일

지은이 ǀ 황상열
펴낸이 ǀ 공상숙
펴낸곳 ǀ 마음세상

주 소 ǀ 경기도 파주시 한빛로 70 515-501

출판등록 ǀ 2011년 3월 7일 제406-2011-000024호

ISBN ǀ 979-11-5636-356-9 (03810)

원고 투고 ǀ maumsesang@nate.com

ⓒ황상열, 2019

* 값 13,000원

* 마음세상은 삶의 감동을 이끌어내는 진솔한 책을 발간하고 있습니다. 참신한 원고가 준비되셨다면 망설이지 마시고 연락주세요.

이 도서의 국립중앙도서관 출판예정도서목록(CIP)은 서지정보유통지원시스템 홈페이지(http://seoji.nl.go.kr)와 국가자료종합목록 구축시스템(http://kolis-net.nl.go.kr)에서 이용하실 수 있습니다. (CIP제어번호 : CIP2019027472)

괜찮아!
힘들 땐
울어도 돼

황상열 지음

마음세상

프롤로그

　지나간 실패도 추억도 그 자체가 내가 살아온 인생이다.

　지금까지 살아온 인생을 기억하다 보니 지나간 수많은 실패와 행복했던 추억들이 계속 떠오른다. 대학 졸업반 시절 취업을 위해 많은 기업에 지원했다. 다 실패하고 결국 작은 회사에서 처음 시작하게 되었다. 임금체불, 약한멘탈과 서투른 감정조절로 여러 번의 이직을 하면서 몇 년 동안 계속 방황했다. 그에 따른 실패와 좌절을 겪으면서 절망했다.

　2012년에 다니던 네 번째 회사에서 임금 체불로 인해 생활고에 시달리고, 나의 실수로 결국 회사에서 나오게 되었던 날이 내 인생에서 가장 힘들었던 기억이다. 그 후유증으로 집안 경제는 상황이 악화하여 생활고까지 겪게 되었다. 이 시기에 가장으로서 책임을 다하지 못한 괴로움에 이중삼중으로 고통을 겪으면서 그 결과로 우울증에 의한 두통, 스트레스로 인한 장염이 심해지고, 아내에게도 도움이 되지 못한 죄책감에 정말 미안했다.

계속 이렇게 살다간 정말 죽겠다는 생각이 들어 정신을 가다듬고 이 문제를 극복하려는 방법을 심사숙고했다. 계속된 실패에도 포기하지 않고 내가 할 수 있는 선에서 방법을 찾아서 들이대고 시도하다 보니 조금씩 상황이 나아졌다. 긴 인생에서 실패도 하나의 성장과정이란 것을 배우게 되었다.

그러나 인생이란 것이 실패만 있는 것은 아니다. 어릴 때 부모님과 함께했던 순간들, 학창시절 친구들과 즐겁게 뛰놀던 추억들등 성장하면서 좋았던 시간들이 있었기에 지금까지 나도 그 힘으로 살아올 수 있었다. 지나간 실패에서 배울 수 있었고, 지나간 추억에 안부를 물어 다시 힘을 낼 수 있었다.

나는 이 책에서 아무리 실패하더라도 그 안에서 교훈을 찾아 시도하고 나아가는 용기와 좋은 시간을 추억하여 다시 그것을 끄집어내고 사색하여 다시 살아가는 힘에 대해 이야기하고자 한다. 이 책을 읽으면서 가볍게 공감하면서 고개를 끄덕이고 한번 미소지을 수 있으면 하는 작은 바람이다.

2019.5
저자 황상열

제1장
지나간 실패에 배움을

실패는 포기가 아니다

2017년 여름휴가는 제주도로 가기로 했다. 제주도에 가려면 비행기를 타고 가야 한다. 비행기 덕분에 바다 건너 해외여행도 가능해졌다. 이 비행기도 라이트 형제의 수십차례 시도와 실패가 없었다면 불가능했을 것이다.

윌버 라이트와 오빌 라이트로 이루어진 라이트 형제는 처음에는 비행에 관심이 없었으나, 독일의 릴리엔탈이 글라이더 비행 시험을 하다 추락사하면서 실패를 목격하고 비행에 관심을 가지고 연구를 시작하게 되었다. 처음에는 방법을 몰라서 글라이더를 만들어 수십차례 직접 뛰고 조종하였으나 실패하고 만다. 그래도 포기하지 않고 계속 연구의 연구를 거듭한 결과 1903년 역사상 처음으로 동력비행기로 비행을 성공하였다. 이후 여러 사람들의 연구와 개발로 인해 지금과 같이 거대한 비행기도 만들게 된 것이다. 라이트 형제가 한 두 번 해보고 실패한 후 다시 시도하지 않았다면 아직도 배를 타고 바다를 건너 오랜 시간 끝에 제주도나 해외에 도착하지 않았을까 하는 상상을 해본다.

미국 프로농구 역사상 가장 유명한 선수인 마이클 조던도 수많은 기회에서 골을 실패하고, 수많은 게임에서 졌지만 이에 굴하지 않고 계속 골을 시도했다. 게임에 지고 있어도 끝까지 쫓아가기 위해 포기하지 않았다. 그것을 포기하지 않고 실패하더라도 기회를 삼아 연습을 한 결과 결국 세계최고의 농구선수가 되었다. 한국이 자랑하는 피겨스케이트 여왕 김연아 선수도 점프를 시도하면서 수백번 넘어지고 다치고 했지만, 포기하지 않고 계속 시도하고 연습한 결과 벤쿠버 올림픽에서 금메달을 딸 수 있었다.

2015년 나도 작가가 되고 싶어 책쓰기에 도전했다. 처음에는 글을 쓰면서 수없이 지우길 반복하고 써지지 않아서 포기하려고 했다. 주위에서 니가 무슨 글을 써서 책을 낼수 있겠냐는 비아냥에 더 자신이 없었다. 책쓰기는 내 인생에서 또 하나의 실패가 되겠구나 라고 스스로 할 수 없는 일이라고 생각했지만, 꼭 그 목표를 이루고 싶어 포기하지 않고 계속 이렇게도 써보고 저렇게도 써보는 시도를 했다.

계속 글을 쓰다 보니 원고가 하나씩 하나씩 모이고, 결국 초고를 완성할 수 있었다. 그러나 100군데가 넘는 출판사에 원고를 보냈지만 다 거절당했다. 이렇게 책을 낼 수 없겠구나 라고 좌절했다.

그래도 끝까지 찾다보면 내 원고로 책을 내줄 수 있는 출판사가 있다고 계속 기도했다. 포기하지 않고 계속 출판사를 찾으면서 투고하고 또 투고했다. 드디어 한 곳에서 내 원고를 보고 출판이 가능할 것 같다는 연락을 받았다. 그리고 몇 번의 교정 끝에 첫 책을 출판할 수 있었다. 수차례의 실패를 겪더라도 포기만 하지 않는다면 결국 결실을 맺게 된다는 경험을 직접 하게 되었다. 그 뒤로 무슨 일을 하게 되면 실패를 하더라도 포기하지 않고 자신감 있게 시도할 수 있는 용기를 가질 수 있었다.

지금 살아가는 사람들은 가끔 무슨 일을 하다보면 잘되는 경우도 있을 수 있지만 그 반대의 경우도 있다. 그게 실패라고 여겨 포기하고 다시는 다른 시도를 하지 않는 경우가 비일비재하다. 그러나 관점을 바꾼다면 포기하지 않는다면 또다른 기회를 만들 수 있다.

실패는 성장이다

앤드루 우드는 실패와 성공에 대해서 다음과 같이 언급했다.

"목표를 달성하려고 노력할 때 많은 사람들이 단번에 꿈을 이룰 대(大)승리, 홈런, 마법의 해법을 찾는 것 같은 잘못을 저지른다. 대승리를 거두려면 반드시 그전에 작은 승리를 많이 거둬야 하는 법이다. 성공은 대개 어마어마한 행운이 아니라 단순하고 점진적인 성장에서 비롯된다."

여러번 실패를 하더라도 그 실패를 딛고 작은 성공을 하나씩 이루어가다 보면 언젠가는 그것이 모여서 하나의 성공을 이룰 수 있다는 사실을 말하고 있다.

새로운 책 원고를 준비할 때마다 많은 격려도 있었지만, 비아냥대는 사람도 더러 있었다.

"네 앞가림이나 잘해라! 니가 무슨 책을 또 내냐!"

이런 말을 들을때마다 처음에는 위축이 되어 자신감이 떨어져 원고를 한 장도 못 쓰고, 쓰더라도 마음에 들지 않았다. 초고를 써야 하는데 자꾸 내용이 산으로 가고, 또 그게 실패라고 생각하여 포기하고 싶었다. 그래도 책은 꼭 내야겠다는 목표아래 잘 써지지 않더라도 매일 조금씩 한줄이라도 쓰기 위해 노력했다. 그렇게 한달을 쉬지 않고 쓰다보니 책의 초고 1/2을 완성할 수 있었다.

처음에 쓸 때는 3줄을 넘기지 못했다. 그러나 매일 5줄, 10줄, 반페이지 이런식으로 늘어나더니 하루에 원고 1꼭지 전체를 완성하게 되었다. 이렇게 원고에 대한 작은 성공을 해 보니 글을 쓰는 데 자신감을 가지게 되었다. 나는 유명인도 아니고, 평범한 직장인이다. 2016년 첫 책 〈모멘텀〉을 내기 전까지도 책을 내는 작가가 되리라곤 생각을 하지 못했다. 그러나 꾸준히 글을 쓰면서 원고 하나하나가 쌓여가는 작은 성공을 만들어 나갔다. 그렇게 원고가 모여서 책 전체 초고를 완성할 수 있었다.

한번에 책 전체 초고를 완성할 수 있는 사람도 있지만, 나는 그렇지 못했다. 책을 쓸때마다 처음에는 잘 써지지 않아 또 안되겠구나 라고 자책도 많이 했다. 내 주제에 무슨 책을 낼 수 있을까 극단적인 생각을 한 적도 있다. 그러나 첫 술에 배부를 수 없듯이 하나하나 조금씩 가다보면 분명히 길이 보일 것이라 믿었다.

글쓰는 방법부터 다시 공부하기 시작했고, 시중에 있는 글을 잘 쓰는 책을 참고하여 쓰기 시작했다. 그렇게 조금씩 모여서 작은 한 챕터의 글이 모였다. 위대한 작가들도 작품을 쓸때마다 한 줄의 문장과 하나의 표현으로부터 시작했다. 지우고 실패를 거듭하면서 조금씩 성공한 원고가 세상에 나와 명작이 되었다.

오래된 피라미드나 중국의 성, 마야문명의 거대 유적들도 한 개의 돌로 시작하여 하나씩 하나씩 쌓았다. 중간에 무너져서 다시 올려야 하는 경우도 많았지만, 천천히 돌을 하나씩 올려서 작은 성곽을 완성했다. 그게 계속 모이다 보니 세계에서 손꼽히는 유적이 되었다.

이렇게 실패하더라도 이에 굴하지 않고 기회를 찾아 조금씩 자기만의 작은 성공을 만들어 나가는 것이 중요하다. 그 작은 성공이 모여서 결국엔 자기가 목표했던 꿈에 한발자국 더 나아갈 수 있다. 실패가 성장이 되고, 그 성장이 결국 성공을 이루게 된다.

실패는 또다른 경험이다

우울해지거나 스트레스를 받을 때 음악을 듣거나 노래를 부른다. 특히 노래 부르기는 초등학생 시절 사촌누나의 영향으로 가요를 좋아하게 되면서 즐겨 불렀다. 그래서 내 노래실력이 얼마나 되는지 노래자랑대회가 있으면 꼭 나가고 싶었다.

어느 날 학창시절 동네에 모 방송국에서 하는 노래자랑 프로그램 예선 소식을 듣게 되었다 . 이게 기회다 싶어 빨리 신청을 했다. 예선날이 되어 갔더니 사람들이 생각보다 많았다. 30분 정도 기다리는데 굉장히 떨리고 긴장이 되었다. 제 차례가 되어 그 때 유행했던 신승훈 노래를 불렀다.

그러나 평소와 달리 역시 너무 떨려서 마지막에 음이탈을 하여 예선에서 떨어졌다. 노래방 가서 부를때는 잘 되었는데, 본 무대에서 잘하지 못한 것 같아 실패라고 여겼다. 노래를 끝내고 들어가는데도 내 실력이 이것밖에 되지 않는다는 생각에 의기소침했다. 그 이후로 노래대회에 나가는 것이 두려워서 다시 엄두를 내지 못했다.

　대학에 들어간 후 학교 축제때 단과대별로 노래자랑을 열었다. 여기서 1등을 하면 학교 전체 가요제 본선에 나갈 수 있었다. 닫았던 내 마음이 다시 한번 해보고 싶은 마음이 생겼다. 다시 노래방에 가서 열심히 연습했다. 이 때 부르던 곡목이 이승환의 〈천일동안〉이었다. 두 번의 간주가 있고, 처음에는 잔잔하게 시작하여 올라가다가 클라이막스에서 폭발하는 노래이다. 연습때는 저음과 고음이 잘 연결되는 느낌이 너무 좋았다. 전날까지 열심히 연습하고 드디어 본 무대에 올라갔다.

　그러나 또 너무 긴장하고 연습을 너무 열심히 하다보니 목도 조금 쉬어서 마지막에 고음처리를 하지 못하고 음이탈을 또 냈다. 그래도 끝까지 부르고 내려왔지만 숨고 싶었다. 노래를 잘한다고 생각하여 주위에 노래자랑에 나가니 많이 보러와 달라고 했는데, 결과는 그 반대였다. 또 한번의 실패를 한 거 같아서 마음이 아팠다. 그래도 일단 노래자랑에 나간 것은 좋은 경험이 되었다고 자위했다.

　2학년이 되고 나서 다시 한번 후배와 노래자랑에 도전했다. 이번에는 혼자가 아니고 후배가 있어서 좀 든든하기도 했고, 두 번의 노래자랑대회에 나간 경험이 있어서 그렇게 떨리지는 않았다. 육각수의 〈흥보가 기가 막혀〉를 후배와 파트를 나누어 노래방에서 연습했다. 역시 노래자랑대회 전날까지 맹연습하고, 본 대회에 나가게 되었다.

　전주가 시작되고 리듬에 맞추어 처음부터 끝까지 후배와 같이 호흡을 맞추어 열심히 불렀다. 이전과 다르게 음이탈도 없었고, 그냥 무대를 즐기듯이 후배와 함께 춤도 추었다. 노래가 끝나자 관중석에서 열광적인 반응과 함께 엄청난 박수와 환호를 받았다. 그 모습을 후배와 보는데 뿌듯했다. 내 노래가 잘 부르고 못 부르는 걸 떠나서 관중들에게 어필한 게 너무 기분이 좋았다. 이전의 실패가 저에게 또다른 경험을 해주게 한 것이다. 오늘 당장 실패했다고 해서 그것이 다 무너지는 것은 아니다. 여러 번의 실패가 오히려 또다른 경험이 되어 작은 성공으로 가는 지름길이 될 수 있다.

실패는 도전이다

지금으로부터 약 7년 전 모 자동차 광고 모델을 보고 깜짝 놀랐다. 960번의 도전 끝에 운전면허를 따신 차사순 할머니의 모습에 한동안 멍하게 쳐다보았다. 떨어질 때 마다 동네 사람들이 다 늙어서 무슨 운전면허를 따느냐며 핀잔을 주었지만, 할머니는 그에 굴하지 않으셨다고 한다. 계속 떨어지고 실패해도 계속 도전했다.

이렇게 떨어져도 할머니께서 도전하는 이유는 본인이 죽기 전 손자, 손녀들을 데리고 직접 운전하여 동물원에 데리고 가는 것이었다고 한다. 그 단 하나의 소망을 위해 계속 도전하셨던 것이다. 사실 나이가 들면 필기시험도 문제를 읽고 답을 찾기 위해 잘 보이지 않는 것도 문제지만, 이해력이 젊은 사람보다 둔화되는 것도 하나의 약점이 된다. 할머니는 필기시험에서도 이런 약점이 있어서 수없이 떨어지셨다고 한다. 그래도 또 도전하고 도전해서서 결국 4년 6개월만에 결국 운전 면허증을 따시게 된다.

이 사례는 해외에도 열정과 도전의 아이콘으로 소개가 되었다. 차 할머니의 스토리에 많은 사람이 공감하고 감동받아 몇 번 실패하고 포기했던 것들을 다시 시작하는 계기가 되었다고 고백했다. 나도 마찬가지다. 그때 그 광고를 보고 준비하고 있던 민간 자격증 시험에 다시 도전해 볼 용기가 생겼다. 그 전까지 두 번 떨어지고 나서 이건 너무 어려워 엄두가 안난다고 다시 도전하지 않다가 또 그렇게 시간이 지나가던 상태였다. 그렇게 다시 도전하여 결국 민간 자격증을 따게 되었다.

내가 다녔던 공대는 졸업반이 되면 한국산업인력공단에서 주관하는 국가 자격증인 기사시험 응시가 가능하다. 특히 나의 전공 도시공학과는 도시계획기사와 교통기사를 딸 수 있었다. 전공을 살리지 않고 다른 업종에 취업하려고 해서 다른 기사 자격증을 취득했지만, 다른 업종으로 취업이 안되서 결국 전공을 살려 도시계획 엔지니어링 회사에 최종적으로 입사했다.

내가 들어갔을 때는 동기들이 다 도시계획기사를 가지고 있고, 나만 가지고 있지 않았다. 다들 대학 졸업반때 기사 자격증을 취득하고 회사에 들어온다. 나도 신입사원때부터 도시계획기사는 꼭 따야한다고 생각하고, 시험이 있을 때마다 신청했다. 그러나 시험이 다가오면 일이 바쁘다는 핑계로, 이번에 못 따면 다음에 따야지 하는 안일한 마음을 가지고 공부도 안하다 보니 계속 떨어졌다. 사실 한번에 따야 한다는 절박감이 부족해서 실패해도 다시 도전하지 않았다.

그렇게 기사시험을 4번 정도 보면서 계속 떨어지니 어차피 이 일은 오래하지 않을 거 같다고 판단해서 다시 시험에 응시하지 않았다. 그렇게 11년이 지났지만, 아직도 같은 업종에서 일하고 있었다. 2016년 여름 다시 도시계획기사는 그래도 기본 자격증이니 꼭 있어야 한다는 생각이 들었다. 이번에는 끝까지 해보자는 결심과 한번에 따야겠다는 절박감이 들어 다시 도전했다. 그렇게 퇴근하고 시험공부에 매달린 끝에 12년만에 기사 자격증을 손에 쥘 수 있었다. 실패는 도전이라고 생각한다. 실패하더라도 다시 힘을 내어 도전하고 시도하다 보면 결국 언젠가는 자신이 원하는 성공을 달성할 수 있다.

실패는 두려움을 극복하는 과정이다

보통 대학생이 되면 직접 차를 운전하고 싶은 마음에 운전면허를 먼저 따려고 한다. 친구들이 자동차 운전면허 학원에 등록하자 따라가서 같이 등록했다. 그런데 사실 어릴 때부터 운전을 하는 것을 두려워했다. 어릴때부터 아버지도 운전하는 것을 별로 좋아하지 않으셨고, 선천적으로 운전을 무서워하던 어머니의 영향이 있었던 것 같다. 그래도 남자는 운전을 해야한다는 강박관념에 사로잡혀 무작정 학원에 등록했다.

1종 보통 운전면허증을 취득하려고 보니 1톤 트럭으로 연습을 했다. 처음 트럭 문을 열고 앉아서 시동거는 법부터 강사님에게 배웠다. 클러치와 브레이크를 같이 밟은 상태에서 차키로 돌려 시동을 켜는 방식이었다. 그런데 계속 시동을 켜다 꺼지기를 몇 번 반복하다 보니 갑자기 또 두려운 마음이 커졌다. 강사가 처음에는 타이르다가 몇 번 실패를 거듭하니 잔소리를 시작했다. 갑자기 계속 위축되는 내 자신을 발견했다.

겨우 시동 켜는 데 성공했다. 기어를 넣고 첫 코스인 언덕을 올라가는 곳에서 운전 미숙으로 올라가지 못했다. 설상가상으로 시동까지 다시 꺼지고 사이드 브레이크를 잠그지 않아 차가 뒤로 밀리기 시작했다. 강사가 화가 나서 차에서 내리라고 소리쳤다.

"자네 같은 사람이 운전하면 도로에서 엄청난 사고가 날거니 다시는 하지 말게!"

이런 소리까지 듣고 나니 운전에 대한 공포와 두려움이 너무 커져 그 길로 집으로 도망쳤다. 친구들은 곧잘 하는 것을 보고 부럽기도 했다. 친구들은 잘하는데 왜 나는 이럴까 하는 생각에 방안에만 처박혀 있었다. 나도 잘하고 싶은데 그것보다 두려운 마음이 커지니 답답했다. 그렇게 며칠을 학원에 나가지 않았다.

그래도 이왕 시작을 했으니 끝을 봐야겠다는 생각에 한번 더 도전을 해보기로 했다. 이 두려움을 다시 극복해 보기로 했다. 며칠만에 다시 학원을 찾아갔다. 나를 가르쳤던 강사는 환불하는 줄 알았단다. 그러나 나는 다시 강사에게 부탁하여 다시 한번 운전을 가르쳐 달라고 했다. 처음에는 안된다고 했지만 계속되는 내 간청에 그 용기가 가상했는지 한번 더 해 보자고 했다.

차를 타면서 다시 두려움이 밀려왔지만 마음을 다잡고 다시 하나씩 배워갔다. 조금씩 연습한 대로 코스도 하나씩 통과했다. 처음 한 바퀴를 돌고 나자 강사님도 웃으시면서 잘했다고 칭찬해주셨다. 그렇게 반복하면서 익숙해진 결과 코스시험도 한번에 통과하고, 추후 도로주행도 쉽게 합격할 수 있었다. 지금은 도로를 누비는 드라이버가 되어 내가 가고 싶은 곳이면 어디든 갈 수 있다.

내가 처음부터 두려운 마음을 먹다 보니 계속 실패했던 원인이었다. 두려운 마음에 계속 위축되고 자신감이 없다보니 쉽게 할 수 있는 것을 어렵게 접근했다. 그러나 다시 마음을 먹고 실패도 성공하기 위한 당연한 과정으로 받아들여 두려움을 극복하니 여러번의 실패에도 불구하고 해낼 수 있었다. 실패를 두려워하지 마라! 두려움을 극복하는 과정이 성공으로 가는 지름길이 될 수 있다.

우리도 실패의 날을 만들면 어떨까요?

인생에 있어서 성공의 날보다 실패의 날이 훨씬 많다. 사실 성공의 기준에 따라 틀릴 수 있지만, 그래도 365일을 기준으로 보면 실패의 날이 거의 90% 수준이 아닐까 싶다. 이런 실패의 날을 공식적으로 지정한 나라가 있다.

핀란드에서 매년 10월 13일을 〈실패의 날〉로 지정하여 평범한 사람들에서 부터 유명인사에 이르기까지 각자의 실패담을 이야기하고 공유하기로 했다. 처음 시작은 수도 헬싱키의 벤처동아리 〈알토스 팀〉이다. 스마트폰 등장으로 기존 폰시장의 강자였던 노키아의 실패로 인해 향후 핀란드가 근사한 사회복지사회를 유지하기 위해서 기존 정부 및 대기업 주도가 아닌 벤처 창업의 새로운 도전에서 시작되었다. 그 뒤 〈해리포터〉 시리즈로 엄청난 성공을 거둔 조앤 롤링과 마이크로소프트 빌게이츠의 실패담 등이 이어지면서 매년 이 날을 세계 30개국의 여러 사람들이 공유하면서 더 확산하게 되었다.

유명인사의 실패담을 들으면서 자기도 다시 할 수 있다는 희망과 동기부여를 받는다고 하니 참 다행스러운 일이다. 그래서 나도 우리나라에도 이런 〈실패의 날〉을 한번 만들어보는 것은 어떨까 싶었다.

우리나라는 실패하면 다시 일어서기 힘든 게 현실이다. 우리나라 사람들 스스로도 실패를 하면 그걸 딛고 일어서는 내성이 많이 부족하고, 극복하게 해주게 할 사회적인 장치도 없다. 사업에 한번 실패하면 그대로 나락으로 떨어져서 노숙자로 지내는 사람도 있다. 입시에 실패하여 비관하여 자살하는 학생도 있다. 그러한 사람들에게 누구 하나 손 내미는 사람도 별로 없다. 부모도 자식이 입시를 비관하여 자살하고 나서야 땅을 치고 후회하고, 추후 노숙자를 찾고 나서야 사업에도 실패한지도 몰랐다는 아내 등 이런 소식을 들으면 참 슬프지만 어이없는 일이다.

실패를 장려하고 다시 일어설 수 있게 하는 시스템이 잘 되어 있는 것이 좋은 나라인데, 우리나라는 아직 이런 시스템을 만들기 위한 노력도 별로 하지 않는 것 같다. 나도 입시에 실패하고, 취업에도 실패했지만 다시 일어서려면 스스로 극복하는 노력이 가장 컸던 건 사실이다. 직장에서 쫓겨나서 다시 다른 직장을 알아보려고 최소한의 제도가 있지만 개인이 알아서 이겨내야 하는 부분이 더 많다. 아직도 많은 부분에서 국가적인 지원이 필요하다.

그래서 우리나라도 이런 시스템 정비 일환에서 제일 먼저 〈실패의 날〉을 정하여 적어도 실패를 극복한 사람들의 이야기를 듣고 나누어 힘든 사람들에게 동기부여 등 도움을 줄 수 있는 것이 어떨까 한다. 꼭 나라 전체가 아니더라도 각 도시별로 작게는 각 동네별로, 모임별로 각자만의 〈실패의 날〉을 정하여 실패담을 나누고 그 안에서 배울 수 있는 교훈 등을 공유하는 것도 좋다는 생각이다.

실패에서 교훈을 찾아라

현재 일하고 있는 직업은 도시계획 엔지니어 및 토지개발 검토 일을 하고 있다. 쉽게 설명하면 땅을 가진 토지주가 어떻게 개발할지 의뢰하면 나는 그 땅에 대한 현재 용도를 파악하여 추후 어떻게 개발할 수 있는지 알려주고, 더 나아가 그 토지에 대한 인허가 방식까지 알려주는 일을 한다. 우리나라 땅은 여러 용도로 구분되어 관련법규상 건물을 다 지을 수 있는 것이 아니라 지을 수 없는 곳도 있다.

몇 년전에 클라이언트가 의뢰한 땅을 관련법규에 맞추어 분석한 결과, 도저히 법규상 단독주택을 제외하곤 상가등을 지을수 없는 것으로 확인이 되었다. 그래서 관련법규상 이 토지에는 단독주택만 지을 수 있다고 검토서를 써서 클라이언트에게 보냈다. 그렇게 일이 마무리되는 줄 알고 다른 땅에 대한 검토를 바쁘게 하고 있었다. 어차피 안되는 일이라고 생각하여 신경을 쓰지 않았다.

며칠 뒤 그 클라이언트에게 전화가 왔다. 반갑게 전화를 받았는데 고성이 들렸다. "야! 이 땅에 다른 상가도 지을 수 있는데 왜 너는 못 짓는다고 검토서를 써서 대체 어떻게 된것이냐! 일을 똑바로 하는 거냐! 마는 거냐!" 하시면서 이따 사무실로 찾아온다고 했다. 아차 싶어 무엇이 또 잘못 검토되었는지 다시 검토서와 관련법규를 찾아보고 해당 시청에 다시 문의를 했다. 다시 검토해 보니 내가 다른 법규에서 규정된 항목을 빼먹고 검토를 했다. 땅에 대한 원래 법규와 해당 조례에서 상가를 못 짓게 되어 있는데, 그 다른 법규에 의해 지을 수 있는 곳이었다. 엄연히 내가 잘못 검토하게 된 꼴이 되었다.

클라이언트가 잠시 후 찾아왔다. 나는 스스로 잘못했으니 할말이 없다고 했다. 무조건 잘못했다고 하면서 한 개 항목을 빼먹고 검토했다고 솔직히 시인했다. 클라이언트는 내가 먼저 사과를 하니 조금 기분이 누그러뜨린 상태가 되었지만 그래도 일을 똑바로 못한 책임은 묻겠다고 했다. 내가 하는 일은 검토 하나로 개발에 투입되는 돈까지 관여가 되어 확실한 유무를 밝혀져야 하는데, 전문가인 내가 일을 망쳤으니 아마도 클라이언트도 투자받는 쪽에서 거절을 당한 거 같았다. 다행히 시말서를 쓰는 선에서 마무리가 되어 가슴을 쓸어내린 적이 있다.

괴로워하는 나에게 상사가 술자리에서 하시는 말씀이 "일을 하다 보면 누구나 실수나 실패할 수 있다. 그러나 그 한번 똑같은 실패를 했는데 또다시 하는 건 우리 같은 전문가에게 패배나 다름없어. 한번 실패에서 다시 교훈을 찾아서 그와 같은 케이스가 있을땐 다시는 실패하면 안된다."라고 하셨다. 거기에서 다시 교훈을 찾아서 법규를 더 꼼꼼하게 보고 해당 관청에 모르는 것은 더 물어보면서 리스크를 줄여가는 방법을 택했다. 실패해도 좋다. 그러나 같은 실패와 실수를 반복하는 것은 어리석은 일이다. 실패에서 교훈을 찾아서 다시 하지 않도록 조심해야 할 것이다.

한번 실패했다고
인생 전체가 끝난 것은 아니다!

요새 일이 바쁠때는 패스트푸드점에서 햄버거나 치킨 등으로 간단히 해결하는 경우가 많다. 자주 애용하는 곳이 맥도날드와 켄터키 프라이드 치킨(KFC)이다. 이 켄터키 프라이드 치킨의 창업자 커널 샌더스는 실패의 실패를 거듭한 끝에 마지막에 성공을 시켜서 세계적인 프랜차이즈를 세울 수 있었다.

커널 샌더스는 가난한 집에서 태어나 어린 나이부터 가장이 되어 일을 하기 시작했다. 청년시절에도 성실하게 철도 노동자, 보험설계사등을 거쳤다. 주유소 한 귀퉁이에서 음식점을 시작하면서 점점 번창하더니 모텔과 큰 레스토랑까지 만들게 되었다. 그러나 고속도로가 건설된 후 손님이 점점 줄어들면서 레스토랑은 결국 망하게 된다. 엄청난 빚더미에 올라 앉게 되고 아내에게까지 버림을 받게 되었다. 그의 나이 60세에 엄청난 실패를 하게 되고 본인도 인생 자체를 비관하게 된다.

그렇게 몇 년을 힘들게 보냈지만 그는 포기하지 않았다. 새로운 닭고기 요리법을 개발하여 자신의 중고 승용차에 싣고 다니면서 요리법을 팔기 위해 전국을 돌아다니기 시작했다. 그러나 번번히 식당에서 거절당하고 쫓겨다니기 일쑤였다. 2년동안 1008번이나 거절당하는 수모를 겪었다. 샌더스는 그래도 포기하지 않았다.

1,009번째 만나는 사람에게 조리법을 팔 수 있었다. 닭 요리가 팔릴 때마다 일부 몇 퍼센트를 커미션으로 받는 조건이었다. 그런데 이 요리가 엄청난 성공을 거두면서 그의 요리법으로 장사를 하고 싶다는 사람이 엄청 늘어나게 되었다. 결국 샌더스는 엄청난 부를 거머지게 되고, 켄터키 프라이드 치킨은 수십개 나라에 10,000개 이상의 가게를 차리고 장사를 하게 되었다.

그의 긴 인생을 보면 60세에 실패했다고 샌더스 전체의 인생이 무너진건 아니었다. 오히려 그는 그도 사람인지라 얼마간은 절망하고 우울하게 지냈을 것이다. 그러나 한번 실패했다고 무너지지 않고 다시 일어서기 위한 방법을 찾았다. 그것이 자기가 젊은시절 레스토랑을 경영하던 시절에 배웠던 닭고기 요리법을 더 발전시켰다. 그만이 가진 무기가 중고차에 실었던 압력조리기와 차별화시킨 자기만의 치킨 요리법이었다. 그것으로 달리 시작하여 실패했지만 다시 일어서기 위해 노력했던 것이다.

나이를 떠나 지금 살고 있는 우리도 한번 생각해 볼 일이다. 시험을 한번 떨어졌다고 해서 인생이 끝나는 것은 아니다. 또 취업에 한번 실패했다고 당장 내일 죽는 것도 아니다. 정말 한번 실패했다고 정말 죽고 싶다고 생각하여 실행에 옮기는 것은 상당히 잘못된 일이다.

나도 지난 세월 수 없는 실패를 하면서 힘들어했다. 그러나 그 실패가 인생 전체를 망가뜨리지 않았다. 커넬 샌더스처럼 긴 인생을 봤을 때 언젠간 자기만의 성공적인 인생이 다가올 것이다. 그때까지 멈추지 말고 실패하더라도 다시 도전하는 자세가 필요하다.

실패는 여전히 진행형이다

사회생활을 시작하면서 계속되는 업무 스트레스와 이런 저런 힘든 일이 많았다. 이 스트레스를 해소하기 위해 나는 사람들과 만나서 술자리를 많이 가졌다. 힘든 부분이나 감정을 술 한잔 따르면서 사람들에게 따르면서 이야기하면 조금은 많아 나아졌다. 그런데 적당히 마시면 다행인데 술이 나를 먹을때까지 폭음을 하는 경우가 종종 있었다. 먹고 난 이후 술버릇이 약간 좋지 않아서 꽤 오랜시간을 고생하고 혼자 고민이 많았다.

그래서 현재는 의도적으로 좋은 습관을 만들어 이 나쁜 습관을 상쇄시키기 위해 노력중에 있다. 원래 주당이 많은 지인들이 있는 술자리는 의도적으로 피하기도 하고, 가더라도 절주를 하기 위해 미리 양해를 구하기도 한다. 하지만 아직도 가끔은 예전 실수들이 나온다. 술을 끊거나 절주하는 노력이 필요하다. 이 술에 대한 실패도 더 이상 하지 않기 위해 계속 진행형으로 만들어 가는 중이다. 이 실패를 진행형으로 만들기 위해 정말 좋아하는 지인이나 사람들이 모인 술자리가 아니라면 그 시간에 책을 읽거나 글을 쓰고 있다.

누구나 인생에 있어서 실패는 누구나 한다. 그 실패로 인해 힘든 날도 많고, 우울한 날도 있을 것이다. 그러나 그 실패를 끌어안고 극복해가는 과정은 긴 인생에서 볼때는 진행형이다. 실패를 하고 거기서 단념하면 완료가 되어 아무 일도 없었던 것처럼 흐지부지될 것이다. 다시 한번 실패를 딛고 계속해서 진행하는 노력이 중요하다.

실패는 배움이다

1990년대 미국 프로농구 NBA 중흥기를 이끌었던 시카고 불스 소속 농구황제 마이클 조던은 남들이 보기에 그렇게 크게 실패하지 않았다고 생각할 것이다. 그러나 정작 그 자신은 자신의 성공과 실패에 대해 이렇게 이야기했다.

"저는 실패를 받아들일 수 있다. 모두가 무엇인가에 실패하기 때문이다. 하지만 전 시도조차 하지 않고 또 배우지 않는다는 것은 받아들일 수 없다.

그도 수차례의 우승과 MVP를 차지하지만 그것을 위해 시도하고 실패한 슛이 훨씬 많기 때문이라고 고백했다. 그것을 통해 배워 다시 시도하여 성공을 거머쥘 수 있었다고 밝히고 있다.

나도 살면서 크고 작은 실패와 실수를 많이 겪었다. 지금도 매일 실수를 하고 있다. 학창시절에는 남들 못지 않게 입시 준비를 위해 노력했지만 내 기준에서 결국 시험에서 실패했다. 목표한 대학진학을 위해선 턱없이 부족한 점수였다. 재수는 하기 싫어서 제 적성과 조금은 맞으면서 점수에 맞추어 대학에 진학했다. 학교에 진학하고 나서도 자꾸 입시에 실패했다고 생각하여 우울증에 빠져서 수업도 듣지 않고, 술만 마시고 놀기만 했다. 아마도 이 실패에 대해 잠깐이라도 잊으려고 했지만 술이 깨고 나면 다시 같은 고민이 반복되니 더 힘들었다. 그 찰나에 대기업 취업이 예정되어 있었던 선배가 술자리에서 나를 보더니 이런 말씀을 해주었다.

"나도 고향에서 수재라는 소리를 들으며 자랐는데, 입학시험을 생각보다 망치는 바람에 우리 학교에 들어오게 되었어. 군대 가기 전까지 너처럼 그렇게 지냈지. '더 잘할 수 있었는데 내가 왜 이렇게 된거지?'하면서 자만하기도 했지. 그러나 변하는 것은 없었어. 그래서 나는 이왕 이 실패를 인정하고 우리과 공부를 열심히 해봐야겠다고 생각했지. 실패에서도 배우는 게 있더라구. 그렇게 열심히 공부하고 하루하루 지내다보니 이런 좋은 결과까지 있게 되었어. 그러니까 너도 한번 잘 생각해봐!"

한번 이 말을 들으니 뭔가 깨달음을 얻는 듯 했다. 아마 남들이 보면 그렇게 대단한 실패를 한 것도 아니고 나 스스로 입시에 실패했다고 자책만 했지 거기서 내가 무엇을 배울 수 있을지 생각은 해보지 않았던 것이다. 선배님의 말씀을 듣고 그길로 나는 제 전공공부를 기초부터 다시 보고 수업에도 열정적으로 임하면서 열심히 공부했다. 그것이 좋은 성적으로 연결되어 졸업할 때는 내 스스로 만족할만한 학점을 얻을 수 있었다.

아마도 사람들 대부분이 '실패'라는 단어를 들으면 피하고 싶고, 외면하고 싶은 게 사실이다. 실패하면 그 시점엔 정말 죽을 것처럼 힘들고 우울하다. 나는 그 정도가 더 심했다. 그러나 한번 실패했다고 영원히 실패한 것은 아니다. 꼭 성공했다고 거기서 배우는 것보다 오히려 실패를 통해 그 안에서 또 극복하는 과정에서 배울 수 있는 것이 더 많다고 생각한다. 만약 오늘 실패한 일이 있었다면 곰곰이 그 안에서 무엇을 배울 수 있는지 한번 생각해보길 바란다.

유비와 실패의 상관관계는?

　　어린시절에 역사소설을 참 좋아하여 즐겨읽고 했다. 특히 중국 고전인 〈삼국지〉를 특히 좋아하여 시간이 날때마다 몇 번씩 다시 읽었다. 이 책에 나오는 여러 인물들의 이야기를 통해 나름대로 인생을 조금씩 배워나가게 되었던 것 같다. 〈삼국지〉는 중국 한나라가 망하고 조조가 세운 위, 유비가 세운 촉, 손건이 세웠으나 손권이 지키게 되는 오나라 삼국의 역사를 바탕으로 전해져 온 이야기를 담은 책이다. 조조, 유비, 손권 아래 여러 인물들이 등장하여 그들의 실패와 성공등이 고스란히 전달되고 있다.

　　특히 유비는 촉의 황제가 되기까지 무수히 많은 실패를 하면서 그것을 딛고 일어선 사람이다. 한나라 왕의 먼 후손이지만 가난한 뽕나무 집에서 태어나 어머니와 함께 돗자리를 팔면서 생계를 유지했다. 그 와 중에도 여러 사람들과 교류하면서 학문에도 게을리 하지 않았다. 황건적의 난이 일어나자 유비는 이때 만난 관우와 장비와 함께 사람들을 모아 백성을 구하기 위해 거병을 하게 된다. 여러 싸움에서 공을 세우고 벼슬을 받았지만 뇌물을 좋아하는 현위를 장비가 구타하는 바람에 관직을 버리고 다시 떠돌게 된다.

황건적의 난이 끝나고 유비는 공손찬에 의탁하여 그 시기에 수도를 장악하고 승상이 된 조조와 싸우게 되나 크게 패배했다. 그 패배 후에 다시 도겸이 있는 서주에 가서 몸을 맡기게 된다. 아무것도 없는 유비였지만 그 인품에 반한 도겸이 죽고 나서 서주를 그에게 물려준다. 그렇게 서주를 물려받은 유비는 다시 여포와 싸우다 다시 패배하고 형주에 있는 유표에게 의탁한다. 다시 유표는 유비의 인품에 반해 아들 대신 그에게 형주을 물려주고자 했지만, 사양하고 유표 아들을 보좌하면서 조조와 계속 대치하게 된다.

결국 적벽대전에서 오와 연합하여 크게 이긴 후 처음으로 형주를 근거지로 삼아 자기 영토를 가지게 되었다. 여기를 발판삼아 서쪽에 있는 촉군에 있는 유장의 항복을 받아내고 촉나라를 세울 수 있었다. 여기까지 유비라는 인물의 인생을 간략하게 살펴보았다.

그런데 희한한 것이 유비는 삼국지의 다른 군주와 달리 자기 땅하나 없이 계속 방랑하는 군주였다. 계속 전쟁에서 지고 이겨도 다른 이유로 인해 쫓겨나서 여기저기 옮겨다니면서도 어딜 가든 환영을 받았다. 그가 이렇게 실패를 해도 다시 일어설 수 있는 계기가 무엇일까?

그가 실패를 하더라도 여러 사람들의 도움을 절대적으로 받으면서 다시 일어섰다. 다른 군주가 가지고 있지 못했던 유비만이 가진 처세술 덕분이다. 그는 아랫사람을 늘 예의와 겸손으로 진심으로 대하며 그들의 마음을 얻고 그에게 절대적으로 충성하게 했다. 인의를 최우선 가치로 여기다 보니 백성들의 마음까지 얻게 된 유비는 전쟁에서 패배하고 실패했지만 긴 인생에서 장기적으로는 황제가 될 수 있는 밑거름이 되지 않았나 싶다.

실패를 극복할 수 있는 기도와 명상

나는 일요일 오전에 가족들과 함께 교회에 가서 예배를 드린다. 직장생활 등 제 인생의 여러 실수와 실패로 인해 힘들어 할 때 교회에 다니던 아내의 권유로 가게 되었다. 처음에는 교회에 간다고 내가 했던 실패등이 극복할 수 있을까 반신반의했다. 아내도 힘들 때마다 교회에 가서 신앙을 갖고 기도를 하면 괜찮아질 것이라고 해서 용기를 내어 같이 가게 되었다. 그렇게 다닌지가 벌써 5년이 넘어간다. 솔직히 아직도 신앙을 다 가지고 있다는 말은 못하지만, 실패를 극복하는 데는 상당한 도움을 얻었다.

나는 눈을 감고 손을 모으고 마음속으로 힘든 일이나 실패담을 극복할 수 있도록 간절하게 기도했다. 그렇게 10분 정도 집중해서 기도하니 마음이 가벼워지고 상쾌한 느낌을 받았다. 기도를 통해 실패를 하면서 느꼈던 좌절감, 쌓여있던 무거운 마음들이 조금씩 나가는 기분이다. 그렇게 또 실패하거나 힘든 일이 있을 때마다 아내를 따라 교회에 가서 기도를 했다.

시간이 지나면서 기도를 하다보니 실패나 실수했을 때 예전보단 의연하고 여유롭게 대처할 수 있는 용기가 생겼다. 그 전에는 실패하고 나면 몇날며칠을 우울증에 빠져 잠도 못 자고 그 실패한 상황에 매몰되어 제 자신을 많이 괴롭혔다. 기도하는 법을 배우다 보니 전보다 더 큰 실패를 해도 그 자체에 빠지지 않게 되었다. 그래도 사람인지라 현실적인 문제를 생각하다 보면 힘든 것은 사실이나, 지금은 어떻게 해결해야 할까라는 그 자체에 초점을 맞추고 있다. 기도를 하다보니 마음을 조금씩 비우고 다스리게 될 줄 알게 되었다.

명상도 마찬가지다. 사실 나는 교회에 가기 전에 이 명상을 통해서 실패를 극복해 보려고 많이 노력했지만 잘 되지 않았다. 하지만 기도를 배우고 나서 명상을 같이 병행하다 보니 그 효과가 더 좋아졌다. 내가 쓰는 명상은 3-3-3 법칙이다. 2015년 템플스테이로 명상 관련 세미나에서 배운 방법이다.

최대한 편안하게 자기가 취할 수 있는 자세로 준비한다. 3-3-3 법칙을 이용하여 우선 복식호흡을 한다. 3초간 숨을 들이쉬고 3초간 다시 내뱉고 이 동작을 3회를 반복한다. 이것을 한 사이클로 보고 6-7회 반복하면 1분 정도 소요된다. 동작을 반복하면서 머릿속으로 어느 자연휴양림 가운데서 바람을 쐬는 상상을 한다. 이 방법대로 마음이 좀 가벼워지면서 시원한 기분이 든다. 나는 기도와 함께 이 방법으로 실패와 실수를 극복하기 위한 연습을 계속 하고 있다. 확실하게 비워지는 느낌은 아직 모르겠지만, 예전보단 마음이 편해지면서 감정을 조절할 수 있게 되었다.

혹시 오늘 실수했거나 실패했다면 기도와 명상을 한번 해보는 것을 제안한다. 그냥 우울해하고 절망하는 것보단 조금은 마음이 편하고 후련해지지 않을까 한다. 인생은 실패와 실수의 연속이라는 점을 명심하시고 기도와 명상을 생활화하신다면 좋지 않을까 한다.

실패를 극복하는 자기 현실 인정하기

'나는 왜 이럴까? 또 왜 이런 일이 일어났지? 내가 의도하지 않았는데도 또 실패했네.'

'똑같은 실수를 왜 반복했지? 아, 이제 다시는 술 마시지 말아야지!'

'아! 또 상사한테 참지 못하고 대들었어. 지금은 일하고 이따가 가서 죄송했다고 하자!'

'오늘 또 소개팅한 여자한테 차였어. 분위기가 좋았던 것 같은데……. 왜 난 또 이러지?'

'에고, 시험을 망쳤어! 부모님께 뭐라고 이야기해야 하지. 어떡하지?'

나는 지금까지 살아오면서 인간관계, 연애, 업무, 학창시절 등 실패할 때마다 혼자서 얼굴을 찡그리고 아무에게도 말을 하지 않았다. 이런 부정적인 생각을 머리 속에 가득히 품고 남들에게 짜증을 냈다. 나 스스로 실패한 일이고, 남들이 잘못한 일도 아닌데 늘 이런 일이 있을 때마다 내 감정에 대해 부정을 먼저 했다.

'내가 그럴 사람이 아니야! 난 절대로 저런 실패를 할 사람이 아니야!'

실패를 하고도 늘 먼저 이런 생각을 하다보니 내 자신의 현실을 인정하지 않았다. 내 감정도 부정했다. 절대로 그렇게 될 상황이 아닌데 실패했다는 현실 앞에 내 자신에 대한 비난과 좌절감이 먼저 오면서 생각의 괴리를 경험하게 되었다. 그냥 실패했다는 그 현실을 받아들이면 되는데 그걸 깨닫기까지는 꽤 오랜 시간이 걸렸다.

7년 전 겨울 임금체불과 제 업무 실수로 인해 결국 다니던 네 번째 회사에서 구조조정을 당했다. 회사를 나오던 날 회식을 마치고 돌아오는 집앞에서 정말 많이 울었다. 나는 열심히 일한 죄밖에 없는데 왜 내가 이렇게 되었는지 너무 억울했다. 그 때는 회사를 쫓겨나게 된 그 상황이 싫었다. 그렇게 나만 생각하고 처자식을 놔둔채 며칠을 방에만 틀어박혀 넋나간 사람처럼 생활했다. 아내는 다시 시작하면 된다고 계속 말을 해주었지만, 앞으로 생활이 이젠 막막하다 보니 자꾸 짜증만 냈다.

그렇게 며칠을 보내니 조금은 나의 상황을 객관적으로 보게 되었다. 회사에서 해고당하는 이유는 분명 나에게 잘못이 있었다. 내가 검토했던 프로젝트 비용을 잘못 계산하여 클라이언트에게 손해를 끼쳤기 때문이다. 물론 그 전부터 술을 먹고 몇 번 지각했던 근태 실수도 포함되어 있었다. 원인이 있으니 그에 따른 결과로 인해 일어난 일이었다.

우선 실패를 하면 잠시 실망하고 우울해지는 것은 당연하다. 그러나 이런 부정적인 감정은 본인의 정신적, 육체적 건강에 악영향을 끼칠 수 있다. 일단 시간을 내서 스스로가 실수한 상황에 대해 천천히 생각을 해 보는 것이 중요하다. 그 상황을 그리다 보면 왜 그 실패를 하게 되었는지 조금씩 이해가 되기 시작한다. 그리고 지금 자기 감정이 어떤지 느끼게 되면 현실적인 판단을 할 수 있게 될 것이다. 그 후 실패한 현실을 인정하고 이것을 어떻게 극복할 수 있는 방안을 찾아 시도해야 할 것이다.

실패를 극복하는 자기 현실을 적어보기

실패를 극복하는 방법 중 첫단계는 실패한 자기 감정을 감추지 말고 있는 그대로 바라보고 현실을 인정하는 것이다. 그러나 자신의 현실과 감정을 인정했더라도 우울하고 좌절했던 기분이 금방 풀어지지는 않는다. 내 감정이 아직 괜찮지 않다라는 사실을 그대로 바라보고 종이를 한 장 꺼내어 자신의 한 실수부터 지금 상황까지 적어본다. 거짓말로 무마하기 위해 지어내는 것이 아니라 정확한 사실만 적는 것이 중요하다. 즉 객관적으로 자신의 실수에 대해 가감없이 사실만 적어야 상황을 정확히 파악하고 이해를 할 수 있기 때문이다.

저도 사회생활 8년차에 네 번째 회사에서 마저 나오게 되었을 때 비참했다.

'더 이상 내가 다닐 수 있는 직장이 있을까? 정말 지금까지 내가 일하는 방식이 잘못된걸까? 지금까지 했던 업무들이 정말 나와 맞지 않았던 것일까?

정말 열심히 살았는데 직장에서 해고된 사실을 믿을 수 없었다. 받아들이기가 힘들어 계속 짜증만 났다. 나는 그럴 사람이 아니라고 애써 외면하며 세상 탓만 하면서 현실을 외면했다. 한번만 도와달라고 그 동안 알고 지내던 사람들에게 연락했지만 다 외면했다. 인생을 헛살았다고 집에만 쳐박혀 지내고 누워서 멍하게만 지냈다.

어느 날 아침에 거울에 비친 너무나 야윈 제 모습을 보고 깜짝 놀랐다. 조금은 정신을 차린 것 같아서 종이를 꺼내어 그동안 나에게 일어났던 일과 지금 처한 현실을 있는 그대로 쭉 적어보았다. 처음에 쓸 때도 애써 부정했지만 하나하나 기억하면 내용을 적어내려갔다. 다 적고 쭉 한번 읽어보니 실패할 수밖에 없었구나 라고 판단이 되었다.

일을 할 때 딱 욕을 안 먹는 정도까지만 하고 대충 시간만 때우는 날이 많았다. 물론 월급이 나오지 않으니 딱 받은 만큼만 일하자고 선택한 일이지만 회사 경영진이 봤을때는 딱 자르기 좋은 스타일의 직원이었던 셈이다. 또 회식 때나 마음에 맞는 직원들과 저녁식사를 하게 되면 술을 부어라 마셔라 취할때까지 먹고, 또 불평불만과 남의 험담도 과감없이 남들에게 했으니 그것도 마이너스가 되었을 것이다. 늦게 귀가하여 숙취로 인해 다음 날 지각하거나 못가는 일도 가끔 있었다. 원인이 있으니 결과가 있는 법인데 이렇게 사실을 나열하여 적고나니 저에게도 상당한 원인이 있었던 셈이다.

이렇게 쓸 때 주의할 점은 내 변명을 하기 위해 자꾸 과장하거나 지어내면 안된다. 그렇게 쓰게되면 객관적인 판단을 할 수 없고, 결국 반성문으로 끝나거나 자기 변명으로 인한 합리화하는 수단밖에 되질 않게 된다. 이렇게 적는 이유는 그것을 바탕으로 극복해야 할 정확한 방법을 찾을 수 있기 때문이다.

저도 다 적고 나니 조금은 마음이 편해졌다. 이제는 종이에 적어놓은 원인과 나의 상태를 보고 나서 이제는 어떻게 이겨내야 할지만 생각하게 되었다. 오늘 뭔가 실수하거나 실패하여 속상하거나 받아들이지 못하는 사람들은 일단 현실과 자기 감정을 인정하고 종이를 꺼내어 다시 사실을 쓰고 한번 돌아보는 습관을 가졌으면 한다.

실패에 감사하자

첫 직장에서 매일 계속되는 야근과 철야근무에 지치고, 상사에게 매 순간 혼나니 늘 피곤하고 스트레스가 많았다. 그리고 입사 1년이 지나고 월급이 밀리기 시작했다. 그러다 보니 마음도 우울증에 걸려서 힘들다는 소리를 달고 살았다. 술자리에서는 상사 뒷담화나 월급이 밀리는등 회사 처우와 바쁜 일에 대한 불평불만만 퍼부었다. 항상 기분이 좋지 않은 상태에서 술도 많이 마시게 되니 건강도 많이 상했다. 확실히 이렇게 모든 상황과 환경을 부정적으로 보니 잘되던 일도 이상하게 잘 되지 않았다. 그렇게 몇 년을 보내며 그 상황이 조금 힘들거나 월급이 밀리면 몇 번의 이직을 감행했다. 그렇게 4번의 이직한 회사에서 4년을 다니다가 일에 대한 책임과 회사사정으로 인해 결국 해고를 당했다. 실업상태에서도 나를 자른 회사 상사와 사장에 대한 불만, 현재 실패한 내 상황이 한심해서 매일 우울하게 지냈다.

'왜 이렇게 난 되는 일이 없을까? 왜 매번 실패만 했을까? 나에게 무슨 문제가 있는 건 아닐까?

이런 생각만 머리에 가득히 담고 집에만 처박혀 있었다. 와이프가 위로를 해도 한 귀로 흘려듣고, 그 당시 3살된 첫째아이와 놀아줄 생각도 전혀 못했다. 부정적인 생각만 한 채 뒷담화를 하면서 그렇게 시간을 보냈던 것이다. 그냥 실패한 내 현실을 바로 보지 못하고 우울한 나날을 보내던 어느날 갑자기 방에서 울고있는 와이프를 보고 큰 충격을 받았다. 와이프도 나보다 더 힘들었을텐데 본인 내색 한번 없던 사람이다. 내 상황만 힘들고 부정적으로만 봤으니 와이프가 힘든 건 생각도 못했다. 독서를 통해 마음을 다잡는 습관이 있어 한동안 멀리했던 책을 다시 읽었다. 성공했던 사람들의 자서전과 자기계발서 등을 통해서 부정적인 마음을 없애는 데 주력했다.

나는 결혼도 해서 아름다운 아내와 딸이 있었다. 당시엔 실업자였지만 건강한 몸이 있으니 일자리는 다시 구하면 되었다. 일상을 돌아보며 찾아보니 생각보다 감사할 일이 많았다. 무엇보다도 살아있으니 실패도 할 수 있구나 라는 사실조차 감사의 대상이 되었다. 이렇게 다시 실패해도 그럼에도 불구하고 감사의 마음을 가지게 되니 생각지도 못한 새로운 직장에 빨리 옮기게 되었다. 내가 잘못하여 실패한 상황도 받아들이면서 자기가 처한 현실에 감사하게 지내는 것이 중요하다. 오늘 무엇인가 실패하여 우울하거나 그 상황 때문에 힘들다면 거꾸로 자기가 가지고 있는 것을 한 번 적어보고 감사해 본다면 다시 일어설 수 있는 용기가 될 수 있다.

시련은 있어도 실패는 없다

얼마 전 처음으로 외부 강연을 의뢰받았다. 아직 강연을 하기로 한건 아니고, 계속 검토중에 있다. 바쁜 업무 중에 우연히 확인하게된 메일이었지만, 조금은 울컥했다. 강연가의 꿈을 이루기 위해서 책을 내었지만 불러주는 곳은 없었다. 강연을 하고 싶었기에 불러주지 않으면 내가 만들어 나가는 방법밖에 없다. 지금까지 살면서 인생의 길이 없으면 만들어서라도 들이대고 살아왔기 때문이다.

그렇게 십여 차례 정도 스스로 강연 기획을 만들거나 지인에게 강연회를 열어달라고 부탁하여 강연을 진행했다. 그 와중에 아는 작가님 도서관 강연회에 갔다가 나도 도서관에서 하고 싶어 그 자리에서 담당자에게 들이대어 결국 성공한 적도 있다. 그렇게 시행착오를 겪고 혼자 강연 기획을 해서 사람들이 얼마나 올까 노심초사 한적도 많다. 한명도 안오면 어떡하지 라는 생각에 잠 못

이루는 날도 많았다. 다행히 소수지만 내 강연을 들으러 와 준 분들이 계셔서 정말 감사했다.

강연도 잘 될 때가 있고, 안 될 때가 있었다. 냉정한 청중 반응에 내 스스로가 페이스가 말려 강연시간 내내 버벅이던 적도 있다. 내가 전달하고자 하는 메시지를 다 전달하지 못하고, 강연을 마치고 나니 정말 식은 땀이 났다. 다시 강연하는 것 자체가 두려웠지만, 냉정한 피드백을 받고 나서 이것도 내가 추후 강연을 더 잘하라는 의미로 받아들이니 마음이 편했다. 강연가의 꿈을 위해 현실로 조금씩 완성해나가는 과정이라고 생각하고 있다.

어떤 일을 하더라도 처음에는 실패도 하고 잘 안될때도 있다. 또 그것으로 시련을 겪는다고 생각할 수 있을 것이다. 정주영 회장님 말씀대로 시련은 있어도 실패는 없다라는 마음가짐을 가지는 것이 중요하다. 회장님도 어릴 때 어려운 집안에서 가출 후 사업을 만나 이후 힘든 일이 있지만 만들어 가시는 과정이 나와는 비교가 되지 않을 정도로 드라마틱하다. 여러분도 지금 무엇인가를 만들어가는 과정에서 실패도 하고 시련도 겪을때도 있을 것이다. 그럴때마다 정주영 회장님이 외쳤던 저 위에 언급한 두 구절을 잘 기억하면서 조금씩 나아가다 보면 성장할 수 있을 것이라 확신한다.

역발상을 시도하자!

어릴 때부터 공부를 잘해서 좋은 학교에 들어가 좋은 직장에 들어가거나 그렇지 못하면 한가지 기술이라도 제대로 배우면 사는 데 지장이 없다고 들었다. 보통 사람들은 이런 인생을 일반적이라고 생각하고 갖춰진 틀안에서 벗어나지 못한채 살아간다. 그러다 그 틀이 깨지거나 벗어나게 되면 우왕좌왕하면서 어떻게 해야할지 모르는 경우가 다반사다. 일ㄷ

내 아버지는 대학졸업 후 대기업을 다니시다가 imf시절에 나오게 되셨다. 처음에 아버지도 굉장히 힘들어하셨다. 그러나 내색하지 않고 가족을 먹여 살리기 위해 본인을 내려놓으시고 중소기업 회사와 아파트 경비등 여러 번의 직업을 거치셨다. 하지만 그는 내가 자신과 같이 고생하는 게 싫어서서 공부를 열심히 해서 좋은 학교에 진학하고 좋은 직장에 들어가라고 매번 말씀하셨다. 나도 이것이 인생의 성공으로 가는 정상적인 길이라 생각하 충실하게 따랐다.

그러나 고등학교 진학 후 열심히 공부했지만, 실력부족으로 성적이 좋지 않았다. 그래도 대학은 가야해서 공부는 계속 했지만 결국 아버지의 기대에 부응하지 못했다. 이에 따른 스트레스로 대학에 들어가서 공부는 등한시한채 친구들과 매일 술 마시고 놀러다니기만 했다. 꼭 공부를 잘하여 좋은 직장에 가는 것이 인생의 전부는 아니라는 생각이 들었다. 이러다 보니 아버지와의 의견충돌도 잦았고, 그에 대한 반항심으로 내 마음대로 생활했다. 그러다 보니 공부는 시험때만 반짝하고 평상시엔 소홀히 하게 되었다.

다른 동기들은 계획을 세워가며 좋은 직장에 들어가기 위해 열심히 준비하고 있는데, 난 아무 준비와 생각없이 따라하다 보니 결국 여러 취업에 실패했다. 준비한 동기들은 원했던 공사와 대기업에 들어갔다. 그렇게 헤메다가 첫 직장을 작은 설계회사에서 시작하게 되었다. 또 돈을 벌기 위해 아무 생각 없이 일했다. 그러나 점차 일에 재미를 느끼다 보니 한번 생각을 바꿔 보기로 했다. 신입사원이지만 대리 직급에서 할 수 있는 일을 한 번 해봐야겠다고 결심했다. 바로 위 상사가 바로 과장님이시고, 내 위로 대리 직급이 없었다.

과장님께 실력은 부족하나 한 번 대리 정도 일을 해보겠다고 과감하게 말씀드렸다. 그는 일도 아는 게 없으면서 무슨 소리냐고 타박하셨다. 그러나 계속되는 내 부탁에 프로젝트 중에 규모가 작고 쉬운 일을 주시면서 한번 해보라고 허락해주셨다. 내가 시도했던 첫 역발상이었다. 생각을 바꿔 보기로 했던 건 신입사원이지만 일을 빨리 배워 인정받고 싶었다. 이렇게 인정을 받아서 좀 더 큰 회사로 옮길 수 있는 기회도 있지 않을까 생각했다. 몇 개월 간 혼자서 시행착오를 겪으면서 그 일을 결국 끝낼 수 있었다. 사수였던 과장님은 제법인데 하면서 좀 더 친밀하게 대해 주기 시작했고, 다른 프로젝트도 한 번 해보라 하면서 기회를 또 주셨다. 그렇게 시간은 흘러 추후 이직할 때 이때의 경험이 많은 도움이 되었다.

역발상의 사전적 의미는 '일반적인 생각을 다르게 하는 것'이라 한다. 혹시 지금까지 정상적으로 익숙한 길을 잘 오다가 실패에 빠져서 힘들다면 가끔은 과감하게 다른 관점에서 바라보는 역발상이 해결책이 될 수 있다. 그 역발상이 당신을 실패를 극복할 수 있는 또 하나의 방법을 마련해 줄 수 있을 것이다.

실패한 게 아니라 넘어졌을 뿐이야!

〈미친 실패력〉에서도 몇 번 언급했던 것처럼 학창시절에 수능을 망쳐서 목표했던 대학에 들어가지 못해 한동안 방황하다가 지금 있는 곳에서 최선을 다하라는 선배와 동기의 충고로 무사히 졸업할 수 있었다. 지금 회사에 오기까지 7번의 이직을 하면서 겪은 실패로 참 많은 시간을 나는 왜 이럴까 하고 좌절하고 우울하게 지냈다. 또 부끄럽지만 이런 부정적인 감정으로 인해 술을 먹고 크고 작은 사고도 많이 쳤다.

책을 읽고 글을 쓰면서 있는 그대로의 나를 인정하고 돌아보게 보면서 그동안 겪었던 실패와 실수도 곱씹으면서 무엇이 문제였는지 고민해 보았다. 내가 더 잘 나갈 수 있는 기회도 많았는데 실패를 하고 나서 가졌던 내 마음가짐이 문제였다. 포기하고 나는 역시 안되는구나 하는 그 마음가짐이 불러왔던 나비효과였다. 한번 실패하면 세상이 다 끝난다는 식으로만 받아들였고, 그것을 극복하기 위한 방법은 찾아보지 않았다. 시야가 좁은 상태로 바라보았기 때문에 세상이 다 끝난 것처럼 살았다.

다시 생각해보면 그냥 한번 또는 몇번 넘어진 것 뿐인데……. 왜 그렇게 담담하게 받아들이지 못했을까 하는 아쉬움과 함께 이제야 그 실패도 내가 지금까지 살아올 수 있었던 원동력이 되었다라는 사실에 감사하게 생각한다. 다시 뒤집어 보니 실패와 실수를 하고 나서 힘들게 받아들였지만, 나도 모르게 그 상황을 이겨내기 위해 많은 노력을 했다는 것도 이제야 알게 되었다.

이 글을 보는 여러분도 혹시 지금 실패했다고 좌절하고 의기소침하고 있는가? 그냥 넘어졌다고 생각하고 다시 한번 도전하는 것은 어떨까? 방법이 틀렸다면 다른 대안을 찾아보고, 방향이 맞는데 도달하지 못했다면 될때까지 시도해보자. 꼭 한번에 되는 것은 없다. 하나씩 작은 성공을 하면서 실패하더라도 포기하지말고 될때까지 시도해보자! 이미 나는 성공자라고 생각한다면 그 실패도 내가 가는 길에 한번 넘어진 것 뿐이니까……. 긴 인생에 실패는 하나의 성장과정이다.

꾸준함이 답이다

여러 번 언급했지만 대학을 졸업하고 27살부터 사회생활을 시작한지 이제 만으로 13년이 조금 넘었다. 그 시간 동안 다녔던 회사가 지금 다니는 곳까지 포함하면 공식적으로 일곱 번째이다. 다니다가 바로 망하거나 마음에 들지 않아 몇 개월 다니지 못한 회사까지 포함하면 10곳이나 된다. 회사사정이 안 좋아지면서 월급이 밀려 그만 둔 3곳을 제외하면 솔직하게 이야기해서 직장내 파벌과 상사의 부당한 대우를 참지 못하거나 스스로 맘에 들지 않으면 없던 핑계를 만들어 사표를 던졌다. 직장인이라면 회사가 가기 싫어 누구나 사표를 던지고 싶지만 참고 다니는 사람이 더 많지만, 나는 정말 스스로 납득이 가지 않으면 미련없이 던지고 회사를 박차고 나왔다. 그만두고 나면 바로 다른 일자리를 찾아 이직을 쉽게 할 수 있었기 때문에 한번 그만두는 것은 어려웠지만 다음에는 조금만 나와 맞지 않으면 쉽게 회사를 나올 수 있었던 것 같다.

그러나 나이가 들면서 잦은 이직에 대한 댓가는 참혹했다. 10년전 나와 같은 시기에 큰 엔지니어링 회사에 있었던 동기는 그 힘든 환경을 잘 참고 견디면서 일을 하고, 업무에 대한 공부도 꾸준히 하다 보니 회사에서 뒤늦게 인정을 받았다. 남들보다 빠른 승진을 이루고, 회사에서 유럽으로 파격적인 포상휴가를 받아서 다녀오기도 했다. 계속 옮겨다녔던 나는 늘 새로운 환경에 적응하기 바빴다. 회사마다 정해놓은 직급체계, 운영 시스템이 다르다 보니 내가 했던 업무에 대해 제대로 인정받지 못했다. 힘들면 늘 회피하고 쉬운 곳으로 찾아다니려는 나의 나쁜 습관이 빚어진 결과라서 할말은 없다. 지금 근무하는 회사에 계신 상사분들은 한 회사에서 최소 15~20년 이상 근속하셨다. 그분들과 회식하다가 20년이상 임원분에게 들었던 이야기를 듣고, 많은 생각이 들었다.

"내가 이 회사에 20년전에 왔을 때 컴퓨터 프로그램도 하나 잘 다루지 못했어. 서류 하나 만들때도 시간이 너무 오래 걸려서 상사한테 매일 혼났지. 남들 반나절 할 일이면 나는 야근까지 해서 하루정도 걸렸으니 상사들이 보기에 얼마나 답답했겠어. 나는 할 수 있을때까지 해보고 안되면 그때 그만두자고 생각하고 다녔는데, 여기까지 오게 되었네. 그랬던 내가 지금은 회사 프로젝트 수주를 위해 열심히 뛰고 있으니. 그러니까 결국 사회생활에서 제일 중요한 건 일을 잘하고 못하는 것보다 얼마나 꾸준하게 업무에 임하고 힘들어도 잘 버티고 견디는 태도인 것 같아. 후배님들도 그 점을 잘 생각했으면 좋겠어."

그랬다. 뒤를 돌아보니 내가 가장 부족했던 점이 바로 꾸준함과 끈기였다. 처음 직장생활을 하면서도 이 회사에서 제일 일을 잘하자는 직원이 되자고 결심해 놓고 조금만 힘들거나 부당한 상황을 만나면 포기하고 그만두었다. 일이나 연애, 인간관계, 나쁜 습관등도 정면으로 부딪히기 보다는 회피하고 포기했다. 그리고 새로운 곳에 가면 다시 여기서는 다시는 그만두지 말고 열심히 해보자라고 생각하지만 또 힘들면 똑같이 행동했다. 직장에서 잘되는 사람을 보니 아무리 힘들고 어려운 상황이 되어도 꾸준하게 자기 업무에 임하면서 참고 견디며 그것을 하나하나 해결해 나갔던 분들이었다. 그래서 나도 마음을 바꾸어서 지금 하고 있는 일이 아무리 작더라도 꾸준하게 해 나가는 것이 중요하다고 생각되었다. 그런 마음가짐으로 업무를 대하다보니 사소한 것 하나도 놓치지 않기 위해 신경을 많이 쓰게 되었다. 지금 다니는 회사에서 천지재변등으로 인한 갑자기 망하는 것을 제외하면 꾸준하게 다니면서 내 업무력을 향상시켜 보려고 한다.

나도 이제부터 하고 싶은 도전이나 일이 생기면 꾸준하게 해볼 생각이다. 이 글을 읽는 여러분도 회사생활이나 어떤 목표를 향해 나아가고 있으면 꾸준하게 나아갔으면 하는 바램이다. 인생에서 재능, 능력이 있다고 다 성공하는 것은 아니다. 그 재능을 노력해서 꾸준하게 이어갈 때 그 빛이 찬란하게 비칠 날이 오지 않을까 한다.

나만의 장점에 집중하자

주말 내내 심각한 두통으로 밥 먹을 때 빼곤 누워만 있었다. 너무 머리가 아파서 3년전 이맘때쯤 걸렸던 뇌수막염이 떠올라서 힘든 몸을 이끌고 병원에 갔다. 검사를 받고 나서 요새 신경을 쓰다 보니 편두통이 심한 것 같다고 해서 두통약만 처방받고 나오는데, 그래도 다행이다 싶어 안도했다. 약을 먹고 오랜만에 티비를 틀었는데, 〈집사부일체〉라는 예능 프로그램이 하고 있었다. 이승기, 이상윤등이 나오는데 축구로 유명한 박지성 선수가 사부로 나와 이야기를 하는 장면이 나왔다.

이승기가 그 힘든 영국 프리미어리그에서 7년동안 살아남은 이유를 박지성 선수에게 물어보았다. 박지성 선수가 이렇게 대답했다.

"매년 같은 포지션에 잘하는 선수를 데려오다 보니 경쟁이 불가피할 수 밖에 없어요. 그러나 퍼거슨 감독이 나를 뽑은 이유는 분명히 내가 잘할 수 있는 장점이 있어서 데려왔을 겁니다. 다른 선수가 가지지 못한 나의 장점에 집중하여 그것을 키우는 방향으로 접근했어요. 그리고 다른 선수가 가진 장점도 잘 지켜보고 그것을 흡수하려고 많이 노력했지요. 만약에 다른 것을 잘하는 선수가 내가 가진 장점까지 잘하면 결국 나는 이 팀에 있을 이유가 없지요."

그 대답을 듣고 뭔가 머리를 한 대 친 것 같은 느낌이었다. 박지성 선수가 성공할 수 밖에 없는 현답이었다. 사실 모든 사람들은 자기가 잘하는 장점 하나씩 가지고 있다. 그것이 무엇인지 잘 모르고 지낸다. 자기 단점만 보고 고치려고 하지만 잘 되지 않으면 포기한다. 또 자기 장점은 잘 보지 않고 그냥 당연하게 생각하고 그것을 키우려고 하는 노력은 거의 하지 않는다. 나조차도 내가 가진 장점이 무엇인지 파악조차 하지 않고, 잘못된 점만 찾아서 고치려고 했다.

박지성 선수가 다른 선수들과 가졌던 장점은 "두개의 심장"이라는 별명이 있을 정도로 경기내내 운동장을 미친 듯이 뛰어다녔다. 공격과 수비를 막론하고 공이 있으면 어디든지 그가 있을 정도로 뛰어다니고, 공간을 만들어냈다. 또 감독이 시키면 200%를 소화하는 비상한 축구지능도 한몫한건 사실이다.

내가 가진 장점은 무엇일까 또 한번 생각해본다. 이 글을 보는 여러분도 내가 가진 단점보다 장점을 찾아서 그것에 집중하는 것은 어떨까 생각해본다. 단점을 고치는 것도 물론 중요하지만 내가 가진 장점을 잘 살려서 활용하는 것도 다른 사람과 차별되는 나만의 무기가 될 수 있지 않을까 싶다. 스웨덴과 월드컵 조별예선 첫 경기가 있는 날이다. 우리 대표팀 선수들도 자기만의 장점을 잘 살려 꼭 승전보를 울려주길 바란다.

나를 만나는 시간을 많이 가져보자

어릴 때부터 고집과 자존심만 세고 자존감이 낮았다. 남들보다 잘하는 것도 분명히 있는데도 그것을 보지 못하고, 나보다 더 잘난 사람만 보면 질투와 열등감을 느끼곤 했다. 학창시절에도 다른 친구들에 비해 공부도 잘하는 편이었지만, 늘 나보다 성적이 앞섰던 친구에게 접근해서 마음에도 없는 칭찬을 남발했다. 결국 그 친구는 명문대를 가고 나는 못가게 되자 안 그래도 낮았던 자존감은 증발해 버렸다. 대학에 들어가서 놀면서도 나보다 더 나은 동기들을 부러워만 했다. 그 동기가 가진 부유한 재산등만 보고, 가지지 못한 우리집과 부모님을 원망하는 날도 많았다.

작은 설계회사에 취업하고 사회생활을 할 무렵에도 착실하게 준비해서 공기업, 대기업 및 공무원이 된 친구들과 비교하여 왜 나만 이럴까하고 한탄만 했다. 그렇게 술만 퍼마시면서 아무런 노력도 하지 않았다. 그냥 돈은 벌어야 하니 욕은 안 먹을 만큼 억지로 일을 하기도 했다. 그나마 적성에 맞아 조금씩 일에 대한 재미를 붙여나갔지만, 여전히 나보다 몇 배의 연봉을 받는 친구들을 보면 한없이 작아졌다.

그렇게 시간을 보내다가 결국 2012년 초 회사에서 잘리게 되었다. 현재의 내 모습은 과거에 내가 쌓아온 결과물이다. 늘 잘되는 남과 비교하여 부러워하고 신세한탄이나 하면서 잘되려는 노력은 거의 하지 않았으니 당연한 결과다. 35살에 백수가 되고 나서도 처음에는 세상을 원망했다. 왜 나에게만 이런 시련을 주는지 신도 같이 저주했다.

책을 읽고 글을 쓰기 시작했다. 이상하게 마음이 편해졌다. 그동안 이해하지 못했던 나의 과거 모습이 조금씩 내 잘못이란 것을 인지하게 되었다. 이전까지 늘 나보다 잘되는 남의 입장에서만 살다보니 황상열이란 내 자신에 대해서 생각하거나 만나는 시간이 없었다. 독서와 글쓰기를 통해 나를 만나고 보니 한없이 못나 보였다. 남들하고 비교해도 가진 것이 더 많았는데, 왜 꼭 나보다 잘난 사람들의 모습과 그들이 가진 것만 보고 내가 가지지 못한 것에 대해서 불평불만만 했는지 부끄러웠다. 아직까지도 다 고쳐진 것은 아니지만, 스스로 내 자신과 만나는 시간을 계속 가지면서 나를 사랑하려고 노력중이다.

작년 어느 시점부터 남들이 가진 장점은 그들의 것이라 생각하고, 내가 가질 수 없는 것에 대해 포기했다. 출·퇴근할 때, 출장중에 이동할 때, 잠자리에 들기 전이나 일어날 때 그 시간을 이용해서 나와 만나는 시간을 주기적으로 가져보고 있다. 그렇게 마음을 비우고 남과의 비교는 중단하고, 내가 할 수 있는 부분에 더 집중했다. 바닥까지 갔던 내 자존감도 조금씩 올라갔다. 스스로 나도 대단한 사람이라고 외치면서 내 자신을 더 사랑하고자 한다.

이 글을 읽는 여러분도 혹시 힘든 시간을 보내고 있다면 그 힘들고 지친 심

정도 일단 그대로 느껴본다. 그리고 온전하게 나를 만나는 시간을 가져보자. 나를 만나는 시간이 많으면 많을수록 나를 사랑하는 마음이 더 커질 것이라 믿는다. 일단 자기 자신부터 챙겨야 남에게도 더 잘 대할 수 있고, 다른 일도 더 잘할 수 있지 않을까 한다. 남은 오늘도 나는 내 자신에게 잘 살아주어서 고맙고 사랑한다고 말하고 싶다.

있는 그대로의 나와 마주하라

셋째아이를 낳고 아내의 산후조리를 위해 부모님이 계신 광명 본가에 왔다. 같은 아파트 단지 다른 동에 여동생 부부가 살고 있어 오랜만에 다 모이니 마음이 편해졌다. 회복이 필요한 아내를 편하게 해주기 위해 아이들과 여동생 부부 집에 가는 일이 많았다.

조카와 아이들이 노는 동안 나는 여동생 부부와 맥주나 차 한잔으로 회포를 풀었다. 다시 이직을 하게 되어 새로운 곳에서 적응하느라 바쁜 여동생은 스트레스를 많이 받았는지 연거푸 맥주를 들이마신다. 우리 가족이 오면 늘 직접 요리를 하여 대접하는 매제는 여전히 부엌과 거실을 오가며 오늘도 맛있는 요리를 꺼내놓는다. 서로 오고 가는 대화가 무르익으면서 옛날 이야기가 하나씩 나오게 된다.

20대와 30대의 내 모습은 늘 남과 비교하면서 잘되는 사람을 부러워하고 질투만 했다. 자존감은 낮고 자존심만 셌다. 남들 하는 만큼만 일하고, 변화하기 위한 노력은 시늉만 했다. 부모님이나 친구들이 하는 조언은 듣는 척만 했다. 매사에 불평불만과 부정적인 사고로 살았다. 있는 그대로 좋은 내 모습도 많은데 내가 가지지 못하는 것에 집착하고 욕심을 부렸다. 내가 하기 싫은 것은 참지 못하고 바로 포기했다. 거기서 오는 스트레스를 술로 풀면서 과음하고 실수하는 날이 많았다.

지난 날 이야기를 하면서 여동생은 나의 과오를 지적한다. 예전 같으면 그 지적에 발끈하여 인정하지 않고 반박했을 것이다. 그러나 묵묵히 듣기만 했다. 여동생의 말이 하나도 틀린 게 없었다. 다 듣고 나서 그냥 한번 웃으면서 동생에게 대답했다.

"지금 생각해보니 예전의 그 모습도 있는 그대로 내가 아니었을까 싶어. 그런 시절에 나의 못습이 있었기 때문에 나도 조금씩 바뀌어 갈 생각을 하지 않았을까?"

맞다. 좋지 않았던 그 시절의 모습을 인정하기 싫었지만, 그 자체도 있는 그대로의 나였다. 그런 나와 마주해야 변화가 필요한 또다른 나와 만날 수 있다. 과거의 나, 현재의 나, 미래의 나. 그런 나의 모습들이 각기 다른 형태로 나타날 것이다. 그 다양한 형태의 내가 각기 상황에 따라 나오는 있는 그대로의 내 모습이다.

지금 힘들어서 불평불만만 하는 나를 만날 수 있다. 일이 잘 되어 하루하루 기쁜 나를 만날 수도 있다. 그런 나 자체를 있는 그대로 받아들이자. 있는 그대로의 나를 인정하며 만난다면 조금은 인생살이가 수월하지 않을까 싶다.

제2장
지나간 추억에 안부를

초벌번역에 대한 짧은 단상

2015년 다니던 회사에서 월급이 삭감되고 그마저도 몇 개월 밀리게 되었다. 마이너스 통장으로 생활을 하면서 다른 회사로 이직준비를 하면서 투잡으로 다른 일을 할 수 있지 않을까찾아보게 되었다. 그때 회사에서 점심을 먹고 이메일을 확인하던 중 눈에 띄는 메일이 있었다. 지금 보면 스팸메일로 바로 넣었을텐데 그날따라 그 메일이 나에게 중요하게 느껴진 것 같다.

"초벌번역가를 구합니다!"

예전부터 영어를 좋아해서 잘은 못하지만 번역하고 영작하는 것을 좋아했다. 그때 상황이 돈은 벌어야 해서 이것저것 가릴 형편이 되지 못했다. 무작정 메일에 나와있는 전화번호로 연락했다. 담당자와 통화하면서 초벌번역이 무엇이고 자격이 어떻게 되는지 듣게 되었다. 담당자는 일단 테스트를 받고 결과에 따라 개인의 번역료가 결정되고, 일단 교육비 68만원을 내면 관리를 해준다고 했다. 지금 한문이 급한데 68만원은 왜 내냐고 했더니 그 돈으로 번역가들을 관리하는 데 쓰는 돈이라고 해서 미리 내는 거라고 한다.

나는 차라리 그 돈 안내고 내가 번역한 글에서 장당 얼마씩 떼고 나머지를 달라고 했더니 그렇게는 못한다고 했다. 일단 생각 좀 해보고 다시 연락하겠다고 했다. 조금 이상하단 생각이 들었다. 회사홍보는 무수히 하는데 먼저 돈부터 내라고 하니 다단계 수법을 쓰는 게 아닌가 하는 생각이 들었다.

한번 구글 등 검색엔진으로 초벌번역에 대한 정보를 수집했다. 초벌번역으로 월 수입 300을 벌었다는 후기도 있고, 이건 정말 사기다라는 글도 보였다. 몇 개를 찾아서 읽다가 68만원을 사기당했어요라는 글을 보고 이런 식으로 번역가가 되고 싶다거나 투잡으로 돈을 벌고 싶다는 사람의 꿈을 날릴 수도 있구나라는 생각이 들었다. 나도 그 시절에는 돈이 없어서 어떻게라도 생활비라도 보탬이 될까해서 시작해볼까 했는데, 아마 더 간절하고 급했으면 68만원을 내고 시작했을지 모르겠다.

지난주 회사에서 일을 하다가 다시 초벌번역가 모집 메일을 보았다. 업체 이름이 달라서 한번 소개된 연락처로 전화를 해 보았다. 전화를 받는 목소리가 익숙하다. 그때 받았던 그 담당자 목소리다. 이름이 같은 게 기억이 났다.

"아직도 68만 원 내야 하나요?"

먼저 물어봤더니 움찔한다. 그래도 대답은 한다.

"70만 원입니다."

"2만 원 올랐네요. 돈이 없어서 이번에도 못할 거 같네요."

"왜 전화하셨어요?"

"그냥요. 오늘도 사기치지 마세요!"

초벌번역! 당하지 말자.

직장생활 살아남기

　며칠 전 오전에 상무님과 같이 인천 한 아파트 현장으로 출장을 가게 되었다. 볼일을 보고 상무님과 식사를 하면서 직장생활에 대해 많은 이야기를 나누었다. 상무님은 우리 회사에서 신입사원으로 들어와 20년 넘게 근무중이라고 하셨다. 이직이 잦은 나는 상무님 말씀에 경청을 할 수 밖에 없었다. 작년 초 이 회사에 들어오면서 다짐한 것이 이제는 무슨 일이 있더라도 잘리기 전까지 버티면서 오래 다니기로 마음먹은 터였다. 회사를 다녀야 현실적인 경제문제가 해결이 되고, 내가 목표한 것들을 할 수 있기 때문에 아이들이 클때까지 버티기로 했다.

　상무님께서 회사에서 오래 근무할 수 있었던 건 누구를 만나든 친절하게 대하고 적을 만들지 말라는 첫 번째 이유라고 말씀하셨다. 두 번째 이유는 상대방 말을 끝까지 듣고 난 다음 판단하고 자기 의견을 개진하다 보니 부딪힐 일이 그렇게 많지 않았고 하셨다. 신입사원 시절에는 컴퓨터를 잘 다루지 못해 매일 상사에게 욕을 먹어서 그만둘 생각을 했지만, 1년만 버티어보자고 결심한 것이 지금까지 오게 됐다는 말씀에 지금 회사가 7번째인 나는 많은 생각이 들었다.

임금이 밀리는 사유로 4군데를 그만두었고, 2군데는 계속되는 야근과 철야 근무로 내 생활이 없는 게 싫어 사표를 냈다. 지나고 생각해 보면 임금이 밀리는 건 어쩔 수 없다 치더라도 내 커리어에 뚜렷한 목표가 있었다면 힘든 근무환경을 견디며 계속 다녔을지 모른다. 아무런 목표도 없이 하루하루 내 생활이 없고 과도한 업무에 지치면서 상사의 욕설에 지치다 보니 사막의 오아시스를 찾으려고 박차고 나오게 되었다. 또 내 스스로 욕심이 넘쳐서 상사나 동료가 탓하면 그것을 못참고 욱해서 감정적으로 대응하는 경우가 많았다. 그럴때마다 스트레스가 심해서 못참고 뛰쳐나갔을지 모른다.

올해로 14년째 직장생활을 하고 있다. 좋았던 일도 많고 나쁜 일도 많은 사회생활이었지만, 지금까지 잘 버티고 다니고 있는 내 자신에게 일단 감사한다. 다만 앞으로 언제까지 직장생활을 할 수 있을지 모르겠다. 상무님의 말씀대로 문제에 유연하게 대처하고, 적을 만들지 않도록 사람들에게 친절하게 대하면서 하루하루 주어진 업무에 최선을 다하는 자세가 직장에서 살아남는 가장 좋은 방법이 아닐까?

어이없었던 이상한 회사와 나

2012년초 회사에서 해고당한 이후 2달 정도 방황하고 책을 읽으면서 조금씩 마음의 안정을 찾기 시작했다. 계속 놀수는 없기에 일자리를 계속 알아보고 있었다. 괜찮은 자리는 지원하고 나서도 연락이 오려면 시간이 걸렸기에 지원하자마자 당일에 연락왔던 한 업체에 면접을 보기로 했다.

다음 날 오랜만에 정장을 차려입고 그 업체에 면접을 갔다. ○○역에 있는 작은 사무실로 안은 아담하고 깨끗해 보였다. 들어가니 남자 직원, 여자 직원이 각각 1명이 있고, 안쪽에 대표이사 사무실이 보였다. 여자 직원 안내로 대표이사실로 들어가 사장님이라 불리는 분 앞에 인사드리고 앉았다. 일대일로 면접이 시작되었다. 일단 부드러운 말투로

"황상열 씨, 어서 오세요! 나는 ○○ 건설사에서 사장을 몇 년 했고……. 또 지금 어디 협회에서 근무중이고."

약 10분 넘게 자기소개를 하셨다. 본인이 쓴 책도 하나 손에 쥐어주시며 읽으면 다 피가 되고 살이 된다고 신신당부했다.

'헉, 이건 뭐지?'

보통 면접을 보러가면 대표나 임원이 그 지원자의 이력이나 신상을 먼저 보고 질문을 하는 게 맞는데, 여기는 일단 사장이란 사람의 자기자랑이 먼저 나오니 이상했다. 이제 자기소개가 끝나셨는지 본인이 차린 회사에 대해 장황하게 설명을 시작하셨다.

"우리 회사는 말이야. 교육사업도 하고 설계일도 하고 물건도 팔고 다 하는 회사야."

'흠, 저렇게 많이 하는데 회사 규모는 왜 이렇게 작지?'

들을수록 뭔가 이상한 회사라는 생각이 들었지만, 당장 돈이 급했던 내 처지에 어디라도 일단 들어가야겠다는 마음이 커서 참고 끝까지 들었다. 그리고 나서 나에 대해 몇가지 질문을 하고 다시 연락을 주겠다고 했다.

다음 날 연락이 왔다.

"언제까지 출근할 수 있으세요?"

"내일부터 출근하겠습니다."

노는 것보단 돈이라도 버는게 마음이 편해서 당장 나가겠다고 했다. 그렇게 결정을 하고 하루가 지나고 그 사무실로 출근했다. 남자직원이 오더니 비어있는 책상에 나를 안내했다.

"황 과장님 자리입니다."

책상을 봤는데 아무것도 없었다. 작업을 하려면 기본적인 데스크탑 컴퓨터가 있어야 했는데, 연필꽂이와 책꽂이만 덜렁 있었다.

'이건 또 무슨 상황이지?'

작업할 컴퓨터가 없다고 하자 그 남자직원이 자기가 쓰는 노트북을 주면서 일단 급한대로 이것을 쓰라고 했다. 나는 2-3일 정도 쓰면 내 컴퓨터가 올 줄 알았으나, 이주일이 지나도 연락이 없었다.

내 업무는 딱 봐도 개발이 안되거나 다른 회사에서 검토했다가 안되는 사업 등을 마지막에 가져와서 검토하는 일이었다. 딱 봐도 사업이 진행이 되지 않는 일이라 자세하게 검토할 필요가 없어서 업무시간에 내 시간이 많았다. 사장이란 사람은 내가 면접을 보고나서 보름동안 딱 이틀 사무실에 나왔다. 무슨 협회 일이 바쁘다고 하루에 한번 전화로 지시받는게 다였다.

3주가 지난 시점에 월급날이 왔다. 그래도 놀면서 실업급여 받는 것보단 일하면서 받는 돈이 많았기에 참고 기다렸다. 퇴근시간이 다 되었는데도 월급 소식이 없었다. 그런데 원래 있던 직원들은 아무런 동요도 없이 태연하다. 이상해서 물었다.

"왜 월급 날인데 돈이 안 들어와요? 못주는 상황이면 언제 준다고 미리 이야기는 해주어야 하는 게 아닌지……."

"여기는 월급날이 있긴 한데……. 사장님이 월급날 앞뒤로 자기 시간나고 여유될 때 줘서 우리도 그냥 그러려니 해요."

이 무슨 해괴망측한 일인가? 월급날에 제때 월급이 나와야 하는게 정상이거늘……. 난 그날 이후로 일주일만 더 다니고 한달만 채우고 나간다고 직원들에게 이야기했다. 대표에게도 전화해서 월급 안 주면 그만둔다고 했더니 알아서 하란다. 이 무슨 병맛 같은 상황인지…….

다음 날부터 나가지 않았다. 그후로도 월급을 준다는 연락이 2주 넘게 없었다. 하도 답답해서 전화했더니 처음에는 상황이 좋지 않으니 조금만 더 기다려 달라고 해서 약한 마음에 한번 넘어갔다. 그 후로 오랫동안 연락이 없다. 전화

해도 받질 않는다. 이메일이나 문자로 안주면 노동청에 고발한다고 연락했더니 다음날 이메일로 답장이 왔다. 입사신고도 안하고 4대보험에도 안 들어서 내가 고발해도 이길 방안이 없단다. 참 어이가 없었다.

노동청에 상의했더니 받을 길이 없단다. 4대 보험에도 들지 않아서 근무한 이력이 남질 않는다게 이유다. 억울했지만 그냥 받는 걸 포기했다. 바로 괜찮은 회사에 계약직으로 근무하게 되어 그 회사에 내가 복수할 타이밍을 놓쳤다. 이상한 나라의 앨리스처럼 나는 그 회사에서 무엇을 하고 온 것일까?

셜록홈즈, 루팡 그리고 추리소설

어릴 때 한창 책을 많이 보던 시절에 빠지지 않았던 장르가 추리소설이다. 어머니가 코난도일의 〈셜록홈즈〉 시리즈 전집을 사주신 이후로 홈즈와 그의 조수 왓슨이 추리를 통해 단서를 찾아 범인을 잡는 스토리에 흠뻑 빠졌다. 전집을 한권씩 읽으면서 어떤 사건이 벌어지면 범인을 잡기위해 하나하나 퍼즐을 맞추어가는 셜록홈즈의 추리력에 감탄했다. 엉뚱하지만 그래도 힘을 합쳐서 홈즈에게 도움을 많이 주는 왓슨의 활약도 대단했다. 읽으면서 내 나름대로 추리를 했지만 항상 허를 찌르는 전개로 내 머리가 나쁘다는 것을 늘 실감했다.

그러다가 어느 날 어머니가 가져다 준 한권의 책에 지금까지 봤던 추리소설의 틀이 깨진 기억이 있다. 아르센 루팡! 천재도둑이자 변신의 귀재로 부자들의 집을 털고 여러 여자들의 인기를 한 몸에 받는 멋진 캐릭터였다. 그전까지 추리소설은 어떤 범죄가 발생하면 주인공인 탐정이 추리와 수사를 통해 단서를 찾아 범인과 만나 잡는 스토리였다. 루팡이 나오고 나서 범인이 주인공이 되어 다양한 시각에서 스토리가 전개되는 점이 참신했다.

한동안 루팡처럼 되고 싶어 그가 나오는 시리즈는 빼놓지 않고 봤다. 어른이 되면 루팡 같은 마력의 소유자가 되고 싶은 생각도 했다. 다부진 몸매로 다양한 격투기를 할 수 있고, 천재적인 언어구사능력등 거의 완벽에 가까운 남자 캐릭터처럼 되고 싶어 나름대로 노력했으나……. 그 결과는 지금과 같다! 그런 캐릭터는 소설이나 만화에나 나오기에 현실세계에는 루팡 같은 사람은 없다고 결론지었다.

사춘기를 지나면서 추리소설에 대한 흥미를 잃었다. 공부나 시험으로도 머리가 아픈데 소설을 읽으면서 스토리를 생각하는 게 싫었다. 그 이후로 지금까지도 추리소설을 한동안 읽지 못했다. 얼마 전 서점에 갔더니 아가사 크리스티 소설이 눈에 띄어 한권 사게 되었다. 1/3 정도 읽으면서 예전 어릴 때 추리소설을 읽던 기억이 났다. 추운날 따뜻한 장소에서 추리소설 한권 읽으면서 스스로 재미에 빠져 보는 것도 나쁘지 않을 것 같다.

인생의 마지막 순간이 오면?

사람은 누구나 한번 태어나면 언젠가는 죽게 된다. 하지만 그 죽음이 언제 올지는 아무도 모른다. 그러나 나이가 들고 시간이 지날때마다 그 죽음에 가까워지곤 한다.

인생의 마지막 순간이 되면 사람들은 가족과 지인들에게 사랑하고 미안하다라는 말을 제일 많이 한다고 한다. 아무리 돈이 많아도 그것을 다 들고 갈 수 없고, 많이 가지는 것에 대해 아쉬움 보다는 가까운 사람들과 시간을 많이 보내지 못한 아쉬움이 더 커서 눈을 감는 그 순간까지도 슬퍼한다. 예기치 않는 사고로 어쩔 수 없이 자기의 마지막을 맞이하는 사람도 있고, 세상이 버겁고 힘들어서 또 세간의 이목이 집중되어 더 이상 숨을 곳이 없어서 스스로 목숨을 끊는 사람도 있다. 평생을 천수를 누리다가 편하게 자신의 마지막을 맞이할 수 있다. 어떤 것이든 인생의 마지막 순간은 같다. 내 인생의 마지막 순간은 언제가 될지 모르지만 그게 오늘이라고 생각된다면 그 남은 하루 아니 몇 시간은 정말 소중한 순간이다. 그 순간만큼은 어떻게 보내야할지 한번 곰곰이 생각을 해봐야겠다.

인생의 마지막 순간……. 죽는 것은 여전히 두렵지만 피할 수 없는 문제니 담담하게 받아들이면서 그 순간이 아깝지 않도록 후회없는 삶을 살아야겠다.

이 또한 지나가리라!

　지난 일요일 예배시간에 성경을 오랜만에 읽어보는데 "이또한 지나가리라"라는 문구를 우연히 보게 되었다. 그렇게 다시 성경 몇 구절을 읽으면서 사색에 잠기게 되었다.

　고등학교 시절 학교에서 보는 내신 성적은 좋았지만 수학능력시험 모의고사는 늘 중위권에 머물렀다. 암기력에 능했던 나는 외우는 시험은 자신이 있었지만 응용과 생각을 요하는 시험에는 늘 약했다. 누구나 그렇겠지만 학생때는 성적 스트레스가 어떤 것보다도 심하다. 예민한 성격이라 성적이 떨어지면 그날은 하루종일 우울한 기분으로 고개를 숙이고 다녔다. 그 스트레스가 너무 심하다 보니 과민성 대장 증후군이라는 병을 달고 살았다. 조금만 신경쓰면 배가 아파 화장실로 직행하곤 했다. 수능 모의고사를 본 날이나 성적이 나온 날은 하루에 10번 정도를 들락날락 했으니 그 정도가 심했다.

성적이 떨어진 걸 집에 가서 부모님께 어떻게 말씀을 드려야 할지 그 고민에 또 머리가 아팠다. 비단 성적 문제가 아니라 20대 후반까지 나는 정말 쓸데없는 걱정으로 가끔 예민하게 군 적이 많았다. 성적표를 몰래 가지고 있기도 했다. 어느 날은 솔직히 말했다가 아버지에게 엄청 혼나다가 대들었던 기억이 있다. 그만큼 학창시절에는 수능성적이 인생의 전부였다. 그러나 지금 생각해보면 참 아무것도 아니었는데…… 성적 스트레스로 극단적인 선택을 하는 학생들이 안타깝다.

대학 저학년 시절은 군대 가기 전까지 신나게 놀다가 입대했다. 입대하고 나선 자기 마음대로 할 수 없는 자유와 계급 사회에 처음에는 또 그게 힘들었다. 상병 달고 나서도 막내생활을 계속했던 나는 일병때까지 고참들에게 온갖 욕설과 구타등을 참는 것이 스트레스였다. 상병 진급 후 그래도 조금은 견딜만해지니 그 고참들이 몇 달 사이로 제대했다. 순식간에 최선임이 되고 나서 제대할때까지 편하게 지냈던 기억이 난다. 입대하고 1년이 지난 어느 시점까진 정말 죽고 싶다는 생각도 가끔 할 정도로 힘들었지만, 지나고 나니 아무렇지 않았다.

제대 후에는 취업과 앞으로 뭘하고 살아야지 또 걱정되어 복학생 신분으로 공부를 열심히 했다. 그러나 취업에는 번번히 실패하다가 전공을 살려 작은 설계회사에서 사회생활을 시작했다. 취업 준비때 너무 많이 서류와 면접에서 탈락하니 그 시절은 그것으로 너무 힘들었으나, 막상 취업하니 또 일 적응하는 것이 스트레스였다.

나이가 들어 지금 생각해보면 지나간 그 나이마다 지독하게 힘든 시절이 있었다. 남들보다 좀 예민하게 구는 성격도 있어서 부정적인 마음으로 매 순간을 걱정하면서 지냈다. 그런데 시간이 흘러 지나보면 아무것도 아닌 일들이 많다는 걸 깨닫는다. 정말 죽을만큼 힘들어서 다 버리고 싶은 순간이 많지만, 인생은 그 순간순간이 대부분이란 걸 이제야 알았다. 나이가 들어 인생을 알아간다는 것이 이런 것인가 보다. 갚아야 할 대출금, 먹고 살아야 할 문제, 앞으로 직장생활을 더 얼마나 할 수 있을지 불안감……. 오히려 지금이 더 내가 처한 상황이 어린시절이나 젊은시절보다 힘든 순간이 많지만 마음이 그렇게 무겁지 않다. 그 당시에는 그렇게 힘들었지만 나도 모르게 시간아 흘러라 흘러 주문을 외우면서 견뎠나 보다. 그렇게 세월이 흘러서 지난 과거를 돌아다보면 또 아무렇지 않다. 스스로 초연해지는 게 신기할 뿐이다.

앞으로 살면서도 힘든 순간들은 또 올 것이다. 이 또한 지나가리라 라는 말을 생각하면서 순간순간 또 견디면서 사는 게 인생을 살아가는 가장 좋은 방법이 아닐까 싶다.

나는 왜 사는가?

며칠 전 첫째아이가 책을 보다가 갑자기 나에게 이런 질문을 했다.

"아빠가 사는 이유가 뭐야?"

갑자기 말문이 막혔다. 뭐라고 대답할지 갑자기 생각이 나지 않았다.

"우리 가족 먹여 살리기 위해 일하고, 남는 시간에는 하고 싶은 거 하면서 사는 거지. 그런데 왜 갑자기 물어보는거야?"

조금 생각하다 이렇게 대답했다.

"그렇구나. 학교에서 친구가 왜 사냐고 물어봐서……."

문득 내가 왜 살고 있는지 스스로 궁금했다. 나는 왜 사는가? 이 질문에 살면서 지금까지 고민해 본 적은 없었다. 일을 하면서 문제 해결을 위해 Why? 라는 질문은 많이 던졌지만, 내가 살아가는 이유에 대해서는 정말 생각해보지 못했던 것 같다. 오래전 읽었던 〈왜 사는가?〉 책을 다시 꺼내 읽기 시작했다.

딸의 그 질문에 조금씩 내가 왜 살고 있는지 생각해 보기로 했다. 인간의 3대 기본욕구가 식욕, 수면욕, 성욕이라 한다. 일단 먹고 자는 것은 기본적으로 해야 하지만 성욕은 인간의 이성으로 제어가 가능하다. 이런 기본적인 욕구는 누구나 다 하고 있는 것이므로 제쳐두고 다시 고민하기 시작했다. 지금까지 살면서 누군가를 도와주고 기뻐하는 내 모습이나 무엇인가를 배우면서 몰입하는 나를 보면 살아있다는 느낌이 들었다. 또 좋아하는 사람들과 이야기를 나누면서 행복한 순간을 느낄 때, 어떤 좋은 세미나를 듣고 감동을 받을 때, 영화나 책을 보고 가슴벅찬 감동과 여운을 느낄 때 심장이 뛰는 그 순간이 좋다.

어릴 때는 남을 배려하면서 맞추는 것에 익숙해서 내가 좀 손해보고 사는 게 맞다고 생각했다. 싫다고 말해야 하는 상황에서도 상대방의 눈치를 보면서 그렇게 대답하지 못했다. 그것이 쌓이고 쌓여서 아무것도 아닌 일에 감정이 폭발하여 나와 주변 전체에 문제를 만들었다. 그것이 너무 스트레스가 되어 나는 왜 자꾸 이러고 사는지 한숨만 쉬는 나날이 많았다. 살아야 할 이유를 찾지 못했다. 자꾸 부정적인 마음이 들고, 나쁜 생각만 하니 가끔 죽고 싶다는 생각이 많이 들었다. 결국 글쓰기와 독서를 통해 이것을 차츰 극복하면서 내가 살아가야 할 이유를 조금씩 찾았던 것 같다.

누가 다시 나에게 왜 사냐고 다시 묻는다면 이렇게 대답할 것이다. 책을 읽고 글을 쓰면서 내 자신을 가치롭게 하여 예전보다 더 남들에게 베풀고 싶어서 계속 살 거라고…….

여러분이 살아가는 이유는 무엇일지 궁금하다.

수락산아! 나를 구해줘!

2006년 2월의 어느 주말이다. 그 당시 다녔던 회사에서 한달에 한번 임직원들이 등산을 했다. 주말의 황금같은 시간을 또 회사 사람들과 가는 것이 싫었지만, 건강을 위해 등산하는 것으로 위안삼았다. 그날 갔던 산이 수락산이다. 코스가 조금 어렵다고 소문이 난 산이다.

사실 난 군대에서 왼쪽무릎에 물이 차서 연골이 작아지는 연화증에 걸려서 등산도 중간에 무릎이 아프면 포기하고 내려와야했다. 더 올라가면 무릎 아래로 피가 통하지 않아 종아리가 부어 걷지도 못할 경우가 많았다. 일상생활에는 지장이 없는데 경사진 곳에서 운동하면 꼭 문제가 생겼다. 그래서 그날도 정상까진 못가고 중간까지는 가는 걸 목표로 하고 회사 사람들과 오르기 시작했다. 아직 2월이라 추워서 등산화에 아이젠까지 설치하여 미끄러짐에도 대비했다.

추웠지만 날씨는 좋아서 올라가면서 경치도 보고 직원들과 이야기하면서 즐겁게 올라갔다. 이상하게 그날은 중간 이상이 지나도 무릎이 아프지 않아서 정상까진 아니지만 근처까진 가보자는 욕심이 생겼다. 수락산은 다른 산에 비해 코스가 어려웠다. 평이한 코스가 지나자 깔딱바위가 나왔다. 경사가 가파르고 줄을 잡고 올라가야 하는 난코스다. 한번 도전해 보고 싶어 줄을 잡고 잘 올라갔다. 역시 무리하면 탈이 나는가 보다. 독수리 바위로 올라가는 좁은 길에서 결국 무릎에 문제가 생겼다. 그 좁은 길은 등산과 하산이 교차하는 단 하나의 길이었다.

종아리가 부어 일어서지도 못하고, 내가 그 길을 막아 버렸다. 올라가던 사람도 내려가던 사람도 다 멈췄다. 도로로 말하면 차량 정체가 되듯이 등산로에서 나 때문에 길이 막힌 것이다. 더 이상 걸을 수도 없어서 결국 나는 상사분이 업어서 300m 정도 올라가서 독수리 바위로 옮겨졌다. 더 이상 내 몸은 내 의지와 상관없이 움직이지 않았다. 회사 직원분들도 이 상황을 어떻게 해야할지 난감하던 차에……결국 병원 헬기를 불러서 후송하기로 결정했다.

30분 뒤 헬기가 바람을 일으키며 독수리 바위 상공에 떴다. 헬기에서 사다리가 내려와 나를 줄로 묶었다. 나를 묶은 줄이 헬기가 올라가면서 같이 상공으로 올랐다. 나는 구조대원들의 도움으로 헬기에 태워지고, 그렇게 가까운 병원까지 이송되었다. 저 멀리 나를 바라보는 등산객과 회사 직원들이 보였다. 군복무 시절에 훈련으로 헬기를 타보긴 했지만, 병원으로 후송되는 경험은 처음이었다. 그렇게 병원에 도착한 헬기에서 다시 내려 반나절 정도 검사하고 퇴원했다. 그 뒤로 다시 37살이 될 때까지 8년정도 산에 오르지 못했다.

그리운 그곳! 광명 철산 상업지구!

나는 결혼 전에 30년 가까이를 광명시에서 살았다. 구로구 개봉동에서 태어나 4년 정도 아버지의 전근으로 인해 부산에서 산 걸 제외하면 쭉 광명 토박이로 살아온 셈이다. 고등학교 시절부터 나의 30대 초반까지 서울 강남, 종로등을 제외하면 동네 친구들과는 여기서 쭉 놀았다.

철산 상업지구에 오면 가장 많이 가던 가게가 〈싸다 돼지마을〉이란 곳이다. 돈이 없던 학창시절에 단돈 10,000원이면 1인분에 3,000원 하는 고추장 불고기를 원없이 먹을 수 있었다. 고등학교 시절에는 음료수와 함께 먹고, 대학에 들어가선 소주값만 충당하면 즐거운 시간을 보냈다. 작년에 한번 가보니 아직 가게는 있는데, 고추장 불고기가 1인분에 10,000까지 올랐다. 그래도 다른 데 비하면 저렴한 편이다. 먹고 사는게 바빠서 동네 친구들을 본지 오래되었는데, 한번 시간을 잡아서 거기에 가봐야 할 것 같다.

그리고 오래전 군대 제대하고 소개팅을 했던 〈스팅〉이란 술집도 아직 갔더니 남아있다. 그 가게도 지금 시점으로 하면 17년 정도 되었으니 오래 운영되는 것 같다. 2001년 겨울에 눈오는 날 지금은 어디서 지낼지 모르는 그녀와 이야기를 나눴던 오래전 기억이 있다.

광명에 사는 분이면 철산 상업지구가 서울의 강남과 같다고 볼 수 있을 것이다. 그만큼 금요일 저녁이나 주말이 되면 곳곳마다 젊음의 활력이 넘친다. 결혼한지 이제 10년차인데 재작년까지만 해도 친구들을 만나러 가끔 갔었는데, 요샌 가볼 기회가 없었다. 나의 10대와 20대 전체를 자주 보냈던 철산 상업지구!! 다시 한번 들러 그 시절의 추억을 떠올리고 싶다.

강남역의 짧은 추억

토지특강이나 강연회를 하거나 다른 세미나등을 듣기 위해 요새 자주 가는 장소가 강남역 주변이다. 역 주변으로 모임을 할 수 있도록 빌려주는 소호 사무실이 많이 몰려 있고, 접근성이 좋아서 사람들이 자주 이용한다. 역시 강남역은 갈때마다 느끼지만 활력이 넘치는 거리다. 주중 저녁이나 주말이 되면 역 주변으로 사람이 넘쳐난다. 그만큼 유동인구가 많다. 거리를 걸을때마다 사람을 피해서 가는 게 일상이다.

대학시절이나 사회생활을 하면서도 강남역은 늘 술을 마시는 일상적인 장소였다. 서울 경기 어디서든 1시간 정도면 모일 수 있는 중간 지점이고, 메뉴도 다양했다. 일주일에 한번은 꼭 강남역 주변에서 친구나 지인들을 만나거나 데이트 장소로도 자주 이용했던 기억이 난다. 지금 아내와의 첫 소개팅도 딱 10년전 가을 강남역 11번출구 앞이었다. 약속시간보다 조금 늦었던 그녀와 근처

영풍문고 맞은편 커피숍에서 첫 인연을 맺었다. 회사가 둘 다 역삼역 근처다 보니 강남역에서 자주 데이트를 했던 추억도 있다.

친구들과 늘 강남역 주변에서 만나기 위해 가장 많이 약속을 잡았던 장소가 지오다노 앞이었다. 지금도 강남역 10번출구에서 나와 조금 올라가다 보면 익숙한 지오다노 건물이 보인다. 거기서 만나 이면부로 들어가면 고기집 골목과 술집이 쭉 보인다. 20년전 1997~98년은 강남역 주변은 스티커 사진기 천국이었다. 늘 만나면 한잔 걸치고 친구들이나 이성끼리 스티커 사진을 찍어 다이어리에 길게 붙이곤 했다. 조금 지나 2000년대 초반에는 그 가게들이 펌프와 DDR 가게로 바뀌어 군대 휴가 나올때마다 즐겼던 기억도 있다. 종로거리와는 또다른 분위기가 느껴지는 곳이 바로 강남역 주변이라 생각한다.

20대 시절은 이곳에서 역시 당구치고 게임하며 술을 마셨다. 30대 초반에는 이곳에서 데이트를 하고 회식의 장소로 많이 이용했다. 지금은 무엇을 배우기 위해 이곳을 찾는다. 글을 보는 여러분의 강남역은 어떤 기억과 추억이 남아 있을까? 나이가 들어가면서 강남역을 자주 가보고 싶은 이유는 역시 젊음의 활력을 다시 느끼고 싶어서가 아닐까 한다.

인간관계는 여전히 어렵다!

오전에 이은대 작가님의 '잘 지내시죠?'라는 글을 보고 조금은 울컥하면서 많은 생각이 들었다. 얼마 전에 다시 본 이와이 순지 감독의 일본영화 〈러브레터〉 마지막 장면에 주인공이 외치는 "오겡끼데스까?"가 오버랩이 되었다.

지금까지 살면서 많은 사람들과 만나고 교류하면서 상황이 바뀌거나 어떤 연유로 인해 사이가 멀어졌다. 오랜 친구들도 잘 만나다가 먹고 살기가 바빠서 어느 순간 만난지 오래되었다. 무소식이 희소식이라 그들도 잘 지내고 있으리라 생각한다.

어릴 때부터 인간관계에 있어서 혼자 상처를 많이 받았다. 상대방 의사에 잘 맞추어 참고 지내다가 그 사람이 나를 편하게 생각하는 순간 갑자기 나도 모르게 그동안 쌓이고 억울한 감정이 폭발하여 관계가 끊긴 적도 있다. 나를 생각해서 말해준 것인데 그걸 오해하여 절제하지 못하는 감정으로 참 많은 사람을 떠나 보냈다. 모든 사람에게 잘하려다 그 모든 사람들에게 상처를 받는 내 자신을 보면서 뭐하고 있는지 하는 생각도 들었다. 불과 얼마전까지만 해도 그렇게 생각했으니까.

작년 연말부터 이상하게 마음이 조금씩 편해졌다. 이은대 작가님 강연때 들었던 1/3법칙이 생각났다. 1/3은 나를 좋아하고 응원하는 사람들이 있고, 1/3은 나를 싫어하며 나머지 1/3은 나에 대해 관심도 없다는 법칙이다. 호불호가 갈리는 〈신경끄기의 기술〉이란 책도 참 많은 도움이 되었다. 나를 별로 좋아하지 않는 사람은 그냥 그 사람의 감정이지 내가 그것까지 신경쓸 이유는 없다. 내가 좋아하고 나를 좋아해주는 사람들에게 더 신경을 써도 모자란 시간인데……. 잘 알고 있었지만 실제로 이렇게 체감한 적은 별로 없었다. 내가 지금 집중해야 할 일과 만나는 그 사람에게 최선을 다하는 게 좋다고 생각하면서부터 그동안 마음 졸이고 신경쓰였던 일에서 멀어지게 되었다.

앞으로도 온전히 지금 이 순간 내가 하는 일과 만나는 그 사람들에게 집중하고 최선을 다하면서 내가 할 수 없는 것들은 내버려두려 한다. 매일 조금씩 책을 읽고 글을 쓰면서 나도 조금은 자신을 알아가면서 바뀌어가는 것 같다. 그 천성까지 바꿀 수 없겠지만 이제부터라도 모든 일에 초연하면서 내가 할 수 있는 일에만 집중하다 보면 좀 더 나은 인생이 되지 않을까 싶다.

Bomb

대학 신입생 시절 친구의 주선으로 다른 여대생들과 미팅한 적이 있다. 그 당시 자주 가던 혜화역 4번출구에서 성균관대로 올라가다 보면 〈옥스포드〉라는 술집에서 3대 3으로 만났다.

"안녕하세요! 황상열입니다."

"안녕하세요. ○○○입니다. ○○과 전공이구요."

이렇게 돌아가면서 자기소개를 했다. 남자쪽은 잘생긴 친구, 몸좋은 친구, 그리고 정말 마르고 키작은 내가 나왔다. 상대편 여대생들도 퀸카인 친구, 청순한 친구, 남자같은 친구가 나왔다.

그렇게 맥주와 안주를 먹으면서 어색했던 처음 분위기는 사라지고 화기애애한 자리가 되었다. 역시 잘생긴 친구와 퀸카인 친구는 서로를 알아본다고 벌써 사귀는 분위기다. 호구조사는 끝났고, 따로 나가려고 준비한다. 원래 마지막에 마음에 드는 사람을 뽑아서 파트너를 정하기로 했는데, 남은 4명이서 서로 고르면 끝이다.

킹카와 퀸카 친구가 먼저 나가고, 파트너를 뽑기로 했다. 남은 우리 둘 중에 누가 맘에 드는지 상대방 여대생에게 고르라고 했다. 역시 몸좋은 친구와 청순한 친구가 짝이 되고, 나는 남자같은 친구와 파트너가 되었다. 나는 내심 청순한 친구를 마음에 두고 있었는데, 완전 좌절모드다. (지극히 개인적인 취향이므로 외모비하 발언은 아닙니다.)

그런데 그 남자같은 친구는 내가 마음에 들었나 보다. 나는 헤어지면 빨리 보내고 집에 가려고 했는데, 이 친구가 한잔 더하자고 했다. 그래도 예의가 있으니 다른 술집으로 이동하여 파전과 막걸리를 시켰다. 처음 자리에서 말이 없던 그녀는 둘만 있게 되자 말을 많이 하기 시작했다. 굳이 나에게 안해도 될 과거에 남자를 만났던 이야기등을 솔직하게 꺼냈다. 정말 자리를 뜨고 싶은 충동이 들어서

"이제 늦었는데 다음에 보자!"

"조금만 더 있다가 가라. 아직 이야기 안 끝났는데……."

그 당시에는 거절을 잘 못해서 30분을 더 앉게 되었다. 술도 좀 오르고 너무 피곤해서 나의 한마디에 그녀는 바로 자리를 떠났다.

"터져라!"

20년이 지난 지금 그녀에게 너무 미안하다는 말을 하고 싶다.

나는 정신분열증 환자였을까?

Z건담의 주인공 카미유 비단은 마지막 전투에서 정신이 붕괴되면서 미쳐버린다. 그 동안 보와왔던 전우들이 죽어가는 것을 보고, 숙적 제리드 메사도 죽자 그 동안 받아왔던 정신적 충격이 한꺼번에 터져버린 것이다. Z건담의 결말은 이렇게 주인공이 미쳐버리는 비극적인 결말로 당시에도 큰 충격과 신선함을 주었다고 전해진다. 극중 나이로 17~18세 정도되는 미성년자 나이이기도 하고, 부모님의 죽음으로 뉴타입이 되는 과정에서 많은 사건으로 인해 고통을 겪으면서 성장해 나간다.

내 나이 17, 18시절 아직 정신적으로 성숙하지 못했다. 매일 아버지와 갈등이 많았다. 공부를 잘해서 명문대학에 가야 한다는 아버지와 그래도 열심히 노력하지만 그 기대에 못 미쳐 좌절하는 나는 계속 평행선을 달리고 있었다. 정말 열심히 공부했지만 하는 것에 비해 성적은 나오지 않고, 비슷한 위치에 있던 친구들의 점수가 잘 나오는 걸 보면서 내 정신도 점점 피폐해져 갔다. 조금

예민한 성격에 마음도 여리다 보니 스스로 컨트롤하는게 쉽지 않았다.

본 수능시험을 나서 생각보다 점수가 나오지 않자 위의 카미유 비단처럼 정신이 거의 나간채로 살았다. 잠깐 정신이 들때는 친한 친구 집에만 있던 단 몇 시간 뿐이었다. 그렇게 결과가 나올때까지 한달을 멍하게 살다가 그래도 살아야했기에 다시 정신을 차렸다.

두 번째 멘탈 붕괴는 35살에 4번째 다니던 회사에서 나오게 된 이후였다. 스스로 열심히 살았다고 생각했지만, 결과는 그게 아니었기에 너무 힘들었다. 술에 의존하면서 더 우울해지고 마음은 수렁으로 빠져들었다. 정신붕괴란 말이 이해가 될 정도로 누가 말을 걸어도 반쯤 넋이 나간 사람처럼 지냈다. 사람이 정신이 한번 붕괴되고 멘탈이 약해지면 아무것도 하기 싫어지고 귀찮아한다. 대인기피증도 심해져서 사람을 믿지 못하게 된다. 정말 카미유 비단의 마지막 장면에 멍한 상태에서 혼자 피식 웃는 미친 표정을 나에게서 발견한 적이 있다. 자의반 타의반으로 누구에게나 인생에서 한번쯤 힘든 시기가 온다. 분명 사람에게 이 힘든 시절은 수없이 고통받고 마음의 상처로 인해 정신이 붕괴되기도 한다. 그러나 이것을 디딤돌로 삼아 견디어내는 사람도 있지만, 더욱 수렁에 빠져서 결국 인생을 포기할 수도 있다. 나도 사춘기때와 사회생활을 했던 30대 중반 정말 멘탈이 붕괴되어 삶을 포기하고 싶은 심정도 있었다. 그래도 좋은 날이 있다고 믿고 다시 한번 살아보자고 마음을 다잡으면서 버티다보니 조금씩 회복하면서 나아가게 되었다.

가끔 연예인들의 자살 소식이 들린다. 화려한 이면에 혼자 감당하지 못한 수많은 이유로 정신이 붕괴되어 극단적인 선택을 한 것이다. 나도 여린 성격이라 그들의 선택이 가끔은 이해될때가 있지만, 그래도 살면서 극복하는 편이 더 낫지 않을까? 요새 또 예기치 않은 인생속에 정신이 붕괴될때가 많지만 웃으면서 털어내는 연습을 또 해본다.

오픈 하우스? 클로즈 하우스!

대학시절 '오픈 하우스'란 행사가 있었다. 기숙사가 남녀 각각 따로 생활하다 보니 각자 기숙사 안에는 구경할 기회가 없었다. 일년에 한번 중간고사가 끝난 5월초에 오픈하우스 행사를 열어 각자 생활하고 있는 기숙사 내부를 공개하는 행사였다.

신입생 시절 나는 집에서 통학하느라 기숙사 생활을 하지 않았지만, 지방에서 온 친구들이 어떻게 쓰는지 궁금했다. 오픈 하우스 행사날 아침부터 학교에 갔다. 기숙사를 쓰는 친구들은 행사준비에 한창 바쁜 상태다. 남자 동기들 방은 평상시에도 들락날락하다보니 궁금하지않았다. 남자 동기들은 여자 동기들 방이 궁금했고, 반대로 여자 동기들은 남자 동기들이 어떻게 쓰고 있는지 늘 물어보곤 했었다.

각 기숙사가 개방하는 시간이 있었고, 정확하진 않지만 2시간 정도를 내부를 구경하고 이야기를 나누다 끝나는 시간에 나오면 되는 것으로 기억한다. 일단 남자 동기들 몇 명과 여자 동기들이 쓰는 기숙사 내부로 안내를 받으며 들어갔다. 태어나서 여자방은 처음 구경해보았다. (물론 여동생이 있었지만 가족은 제외하는 것으로 한다!)

역시 책상위에 인형도 있는등 아기자기한 분위기가 가득했다. 동기 한명은 좋아하던 여자 동기방에 선물도 놓고, 같이 이야기도 하고 즐거운 시간을 보냈다. 음식을 나눠먹고 있는데, 갑자기 배에 신호가 온다. 뭘 잘못 먹었는지 화장실로 뛰어야 했다. 그런데 남자 기숙사까지 가려면 너무 멀었다. 일단 양해를 구하고 급한대로 여자 기숙사 화장실로 들어갔다. 문을 잠그고 볼일을 보는데……. 배가 너무 아팠다. 한번 이야기했던 것처럼 나는 과민성 대장 증후군으로 인한 장염이 고등학교 시절부터 심했다. 그날도 여자 기숙사를 보는 것에 긴장을 했는지 무얼 먹으면 바로 신호가 왔다. 큰일이다. 이러면 최소 30분 이상은 화장실에 있어야 하는데……. 그냥 지금은 몸이 급하니 아무 생각이 없었다.

그렇게 씨름을 하고 있는데, 갑자기 웅성웅성 큰 소리가 난다. 친구들이 나가는 소린가 보다. 그리고 오픈 하우스 마감 시간이 되었다고 방송이 나온다. 아직 화장실에 안에 있는데, 큰일났다. 그런데 중간에 나가면 더 큰일이다. 에라 모르겠다 하고 끝까지 볼일을 보고 나오는데, 모르는 여대생분이 화장실로 들어왔다.

"아!! 뭐하는 거에요?"

"아, 그런게 아니구요. 제가 오픈 하우스 때 들어왔다가 배가 너무 아파서 화장실에 왔다가 시간이 끝났는데 못 나갔어요."

"네?"

그녀도 어이가 없는지 웃었다. 갑자기 온몸에 땀이 나기 시작했다. 여자 기숙사 정문까지 돌진했다. 앞에 경비 아저씨가 부른다. 자초지종을 말하고, 겨우 밖으로 나왔다. 하마터면 이상한 X로 몰릴 뻔한 아찔한 경험이다.

얼굴없는 가수를 처음 보았어요!

1998년 가을 대학교 2학년 2학기를 다니던 시절이다. 그 당시 뮤직비디오 한 편으로 일약 스타덤에 오른 가수가 있었다. 감미로운 목소리의 소유자로 서정적인 멜로디와 한편의 시 같은 가사로 엄청난 인기를 구가했다. 그런데 정작 티비에는 모습을 드러내지 않아 목소리만 좋은 거 아니냐는 의심이 들기 시작했다.

그러던 어느날 수업이 끝나고 캠퍼스를 걸어가다가 우연히 발견한 대자보가 있었다. 그때 한달에 한두번 정도 학교 방송국에서 가수를 초청하여 학교 안 무대에서 2~3곡 정도 부르는 행사를 진행했다. 그런데 이번에 이 가수가 온다고 하는 것이다. 당연히 학교 안에 소문이 쫙 퍼졌다.

그리고 행사가 시작되는 그날이 되었다. 학교 주변에도 소문이 났는지 여고생 친구들(지금은 아줌마지만)도 미리 와서 대기하고 있었다. 6시부터 시작인데 이미 4시도 안된 시간에 엄청난 인파가 몰려들었다. 다 얼굴없는 그 가수가 누구인지 궁금하여 모인 것이다. 6시가 조금 넘자 안경끼고 조금은 연예인 같지 않은 남자가 올라왔다. 모인 관중 모두가

"역시 목소리만 좋았어. 외모는 별로야!"

한마디씩 날렸다.

전주가 시작되면서 노래를 시작하려는데 갑자기 음악이 중단된다.

"안녕하세요!!" 그 안경낀 남자는 사회자였다. 다시 전주가 흐르면서 키가 크고 생각보단 잘 생긴 남자가 올라온다. 노래가 시작되자 테이프 음악에서 들었던 그 목소리다! 여자들은 벌써 소리를 지르고 일부는 눈물도 흘렸다.

그랬다. 그 얼굴 없는 가수는 이미 짐작하고 있는 분들도 계실 것이다. 매실로 온 국민에게 웃음을 주던 남자, 〈To heaven〉의 조성모다. 이병헌과 김하늘이 나왔던 뮤직비디오는 일약 이후 톱가수들의 트렌드가 되어버렸다. 그렇게 조성모는 생각보다 30분을 더 노래를 하고 무대를 떠났다. 그 후 일주일 뒤 방송 프로그램에 모습을 드러내고, 결국 한 시대를 풍미한 톱가수가 되었다.

죽마고우? 친구!

2009년 결혼하기 전까지 총각시절은 누구나 그렇듯 연애를 하지 않으면 친구들과 술 한 잔하는 것이 일과였던 시절이다. 사회생활을 시작한지 5년 안팎으로 사회 물도 조금 먹어서 그런지 제법 직장인으로 모습도 갖추어져 나간 시기였다.

나는 원래 태어나고 살았던 곳이 경기도 광명시다. 어릴 때 부산에서 잠깐 살았던 것을 제외하면 결혼전까지 줄곧 광명시 철산동을 벗어난 적이 없다. 학교는 전학을 가서 서울에 있는 학교를 나왔지만, 광명에서 나고 자란 죽마고우들이 더 많다. 20대 시절에는 광명시 철산상업지구나 개봉역 근처 술집에서 한 잔씩 기울이고, 노래방 가서 노래도 하고 게임방에서 게임도 같이 즐기곤 했다.

친구란 무엇일까? 내가 생각하는 친구는 자주 보지 못하지만 언제든 편하게 보고 마음을 터놓을 수 있는 사이라고 생각한다. 결혼하고 이제 다들 먹고 사는 게 바쁘다 보니 1년에 한두번 보는 것도 어려워졌다. 아직 아이들이 어리고 사회에서 자리를 잡아가는 시간이다 보니 조금 더 시간이 지나야 편하게 볼 수 있지 않을까 싶다. 예전과 달리 사회도 점점 각박해지고 개인주의로 가는 경향도 있다보니 진정한 친구를 만나는 것이 더 어려워지는 것도 사실이다. 그래도 오랫동안 우정을 지켜가는 죽마고우가 한 명이라도 있으면 인생이 더 행복해지지 않을까 싶다.

어제 퇴근길 오랜만에 죽마고우들과 안부차 통화했다. 정말 몇 달만에 전화를 했는지 모르겠지만, 여전히 반갑게 맞아준다. 다들 사는 게 바쁘고 힘들지만 서로 목소리로 위로하고 받을 수 있어 감사했다. 모두 건강하고 행복하길……

종로에서

    지난 화요일 광화문 교보문고에 열렸던 부동산 개발 세미나를 듣고 동료들과 종각역 뒷골목으로 저녁을 먹으러 자리를 옮겼다. 그날따라 파전과 막걸리가 생각나서 약 10분을 헤메다가 마음에 드는 주점에 들어갔다. 파전과 막걸리, 부대찌개, 소주등을 나눠 먹으면서 동료들과 예전 이야기를 꺼내면서 즐거운 시간을 보냈다.

    20년전 대학 시절에 정말 저녁만 되면 열심히 다녔던 그 종로 뒷골목이었다. 토익공부 한다고 어머니께 학원비를 받고 나서 학원은 딱 이틀 나가고 매번 친구들과 만나서 당구치고 술마신 추억이 난다. 길거리 곳곳마다 시끄럽게 울려퍼진 소위 짝퉁이라 불렸던 길보드 차트 음악을 들으면서 오늘은 어디서 한잔할까 어슬렁대던 기억도 있다. 진품 테이프 중 인기곡만 녹음하여 팔았던 가짜앨범은 한 장당 2~3000원이면 살 수 있어 불법인걸 알면서도 종종 구입하곤 했다.

지금은 없어진 단성사와 피카디리 극장에서도 많은 영화를 보았다. 〈쉬리〉,
〈올드보이〉등등…….

그래도 종로에서 가본 극장 중에는 개인적으로 서울극장이 제일 좋았다. 영
화를 보고 지금은 사라진 피맛골에 가서 역시 파전과 막걸리를 먹으면서 앞으
로 인생계획과 뭘 해야할지 고민하던 나의 20대 시절이 스쳐 지나간다. 나이가
들어가면서 다시 종로에 가보니 행복했던 추억도 많지만 씁쓸했던 기억도 있
다. 오랜만에 JS의 〈종로에서〉를 들으면서 그 시절 추억에 다시 한번 잠겨봐야
겠다.

나는 무슨 꿈을 꾼 것일까?

며칠 전 잠을 자는데 생생한 꿈을 꾸었다. 어느 유럽 중세시대에 바다 한가운데 배를 타는 내 모습이 보인다. 낯선 서양인들 사이에 혼자 갑옷을 입고 창을 들고 같이 서 있다. 내가 여기에 와 있는지 모르겠다. 갑자기 배가 흔들린다. 상대편 배가 우리 배를 들이박은 듯 하다. 배위로 무장한 이슬람 교도들이 올라온다. 나와 같은 갑옷을 입은 병사들이 그들을 막기 위해 창을 들고 싸우고 있다. 나도 그들이 하는 것처럼 오는 적을 막으러 달려갔다. 십자군 전쟁의 한복판에 와 있다.

그러다 반대쪽에서 달려오는 적군과 부딪힌 나는 공중에 떴다. 체구가 작은 나와 2배 큰 이슬람군이 충돌했으니 그 결과는 알만하다. 나는 바다로 떨어졌다. 떨어지면서 이대로 죽는가 싶었다. 풍덩하는 소리와 함께 나는 바닷속으로 가라앉고 있었다. 숨을 더 이상 쉴 수 없어 눈을 감고 이대로 죽는가 싶을 때⋯ 누군가 나를 끌어올려 배에 태웠다.

배에서 정신을 차리고 보니 아까 보던 십자군이 아니라 동양인이었다. 역시 앞에 있는 상대편 배와 대치중이다. 상대편 배는 서로 고리로 묶어 전체가 연결이 되어있었다. 배 구석에서 덜덜 떨고 있는 나는 그 모습을 보고 설마했다. 그랬다. 지금 내가 와 있는 곳은 삼국지의 적벽대전 전장이다.

나는 다시 일어서서 주위를 둘러 보았다. 정말 여기가 적벽대전 전장이 맞는지⋯ 옆에 있던 동료에게 물어본 것 같다. 동료는 내 말을 듣지도 않고 쳐다보지도 않은 체 아무말이 없었다. 갑자기 저멀리 상대편 배에서 불길이 퍼진다. 고리로 연결된 배들은 삽시간에 불바다가 되었다. 우리는 불타고 있는 배에 접근하여 남아 있는 적들과 싸우려고 뛰어들었다. 그러나 불길이 거대하여 상당히 뜨겁게 느껴졌다.

'앗! 뜨거!'

그때 눈이 떠졌다. 잠이 깬 것이다. 주위를 둘러보니 아직 어둡다, 난 그때 전기장판 위에 이불을 깔아 자고 있던 상태였다. 온도를 보니 40도 넘어 너무 뜨거웠다. 꿈에서 느꼈던 그 열기라 너무 생생했다. 그런데 난 왜 이 꿈 을 꾸었을까? 이게 무슨 날벼락인지⋯ 그날따라 여러 문제로 스트레스를 좀 받긴 했지만 이상한 경험이었다.

그래도 한때는 인기가 있었다

2004년 1월에 대학 졸업 전에 작은 설계회사 도시계획부에 신입사원으로 입사했다. 역시 뭐든지 처음 들어가면 분위기 적응을 해야 해서 눈치를 보지만, 몇 달이 지나면 언제 그랬냐는 듯이 적응하면서 다니게 되었다. 그렇게 지낸지 6개월이 지난 어느 여름이었다. 그날도 야근을 하는데 이상한 번호로 문자가 와 있었다.

"오늘도 수고하세요!"

'이 쌩뚱맞고 처음보는 문자는 뭐지? 에이, 스팸문자구만.'

하고 대수롭지 않게 여기고 지웠다.

다음 날 출근해서 졸린 눈을 비비고 커피 한잔 하고 있는 중에 또 문자가 들어온다.

"하얀 셔츠가 잘 어울리세요."

'헉! 나 오늘 흰 셔츠 입고 온걸 어떻게 알았지?'

갑자기 내 뒤를 돌아보는데 사무실에 온 사람은 없었다. 소름이 끼쳤다.

내가 다니던 첫 회사는 5,6층을 임대하여 쓰고 있었다. 대체 그 문자는 뭐지? 처음으로 궁금해졌다. 그렇게 또 일이 바빠서 문자 일은 금방 잊고 있었다. 그 다음날 야근 때문에 저녁을 먹으러 나갔는데, 또 띵동 울린다.

"저녁 맛있게 드세요. 더운데 건강 조심하세요."

'대체 뭐지?

발신자 번호를 봤는데 20040810 이렇게 쓰여 있었다.

자세히 보니 2004년 8월 10일 저녁이었는데, 연 월 일로 발신자 번호를 바꾸어서 보낸 것이다. 아마도 이런 문자를 보내는 사람이 누군지 궁금했다. 또 분명한건 나에게 관심이 있는 사람인 건 사실이었다.

지금은 발신자 확인을 인터넷 통신사 사이트에서 가능한지 모르겠는데, 그 당시엔 핸드폰 11자리중에서 앞에 7자리까진 공인인증서를 통해 확인이 가능했다. 저녁을 먹고 사무실에 들어와서 바로 발신자 확인에 들어갔다. 발신자 번호를 확인하고 책상에 붙어있는 각 부서 전화번호부를 확인했다. 어라 앞자리 7자리가 똑같은 사람이 둘이 존재했다.

한 분은 토목 담당하신 남자 상무님이고, 남은 사람은 도로부에 새로 들어온 여사원이었다. 전자는 분명 아니지만 남자 상무님이 나를 좋아했다는 건 상상이 안되니 제외시키면 한명이 남았다. 사수에게 잠깐 할 이야기 있다고 말씀드렸더니

"지금 너 나한테 자랑하는 거냐? 좋겠다!"

라면서 오히려 갈굼을 당했다. 에이 괜히 말했나 싶었다.

다시 자리로 돌아와서 이 사태를 어떻게 할지 곰곰이 고민했다. 그냥 바로 핸드폰을 열고 그 사원에게 문자를 보냈다. 사실 6층에 있던 친구라 몇 번 보고 인사만 나눈 사이였는데, 나한테 관심이 있었다니! 사실 조금 우쭐하고 나도 좀 먹히나 보다라고 생각했다. (지금은 아니다.)

"어제 저 흰셔츠 입고 온거 어떻게 아셨어요? 오늘 야근 하는 건 어떻게 아셨어요?"

이런. 이렇게 센스없게 그냥 다짜고짜 문자로 물어본 나다. 역시 답장이 없다.

야근을 끝내고 집에 돌아가는 지하철에서 졸다가 갑자기 울리는 문자 알람 소리에 깼다.

"저인지 어떻게 아셨어요? 에고, 죄송합니다. 앞으로 안 보낼게요."

이런 답장이 와 있었다.

다음 날 아침 직접 사과하러 6층에 볼일 있다고 하면서 올라갔지만, 그 친구는 자리에 없었다. 그 뒤로 일이 바빠서 직접 이야기하러 가지 못했고, 그 친구의 문자도 더 이상 없었다.

가을 야유회에서 우연히 보게 된 그녀에게 술 한 잔 따르면서 물어보았다.

"그 문자 왜 보낸 거예요? 나한테 관심 있으면 직접 이야기하지."

"부끄러워서 그래도 큰 용기내서 문자 보낸 건데……. 이젠 관심 없어요."

나중에 들은 이야기로는 내가 사수에게 소문 낸 것이 여기저기 말이 퍼져서 결국 그녀에게도 들려서 내가 입이 싼 놈으로 찍혔다고 들었다.

그래도 그 당시에는 조금 먹히긴 했나 보다. ㅋㅋㅋ

관계의 재정의

데일 카네기의 〈인간관계론〉을 다시 들고 읽는 중이다. 출장을 다녀와서 집 안일을 하면서도 계속 사람들과의 관계 속에 또다시 생각이 많이 드는 날이다. 매주 업무나 모임에서 새롭게 다양한 사람들도 만났다. 또 같은 목표를 향해 같이 협업하는 사람들도 있다. 누구나 그렇듯이 그 관계가 좋은 날도 있고, 그 렇지 못한 경우도 가끔 생긴다. 나는 원래 사람과 불편해 지내는 것이 싫은 사 람이라 조금 손해를 보더라도 좋게 이해하려고 노력한다. 그렇게 잘 지내다가 도 내 스스로가 대접을 받지 못한다고 생각하면 욱해서 상대방과 갈등이 생기 기도 했다. 요 며칠 또 그런 문제로 내 자신과 상대방을 많이 괴롭게 했다.

데일 카네기가 책에서 언급한 좋은 인간관계가 잘 유지되는 비결을 요약하 면 다음과 같다.

"사람들이 무언가를 하게 만드는 유일한 방법을 그들이 원하는 것을 주는 것이다. 사람들이 원하는 것이 무엇인가? 사람은 위대해지고 중요해지고픈 욕망이 누구나 가지고 있어 그것에 대해 칭찬과 격려를 통해 같이 발전한다."

사실 나 스스로도 어떤 집단에서 유명해지고 중요해지고픈 욕심은 있다. 사람이라면 누구나 유명해지고 싶어한다. 아마 안 그런 사람이 있다면 정말 성인군자일 것이다. 그런 욕망을 혼자서 채우기가 힘들다 보니 같은 목표를 가진 사람들이 모여서 서로 협력하는 경우도 생긴다. 나도 그런 생각을 가진 사람들과 만나 목표를 공유하고 서로 격려해주고 칭찬하면서 나아가는 게 좋을 것 같아 여기저기 모임에 기웃거렸다. 그 모임에서 서로 격려하고 응원해줄 때 그 좋은 에너지가 다시 내가 성장하고 발전할 수 있는 원동력이 되기도 했다. 그러다 보니 스스로 그런 사람들이 있는 많은 모임에 참석하게 되었던 것이다. 그러나 이렇게 모인 사람들이 뭉치지 못하고 서로 각자 유명해지겠다고 하면 그것은 차라리 흩어지는 게 낫다고 생각한다.

어떤 모임에서 자발적으로 사람들이 오게 하는 것은 그들이 여기서 원하는 것을 하나라도 얻어갈 때 계속 유지가 될 것이다. 각자가 유명해지고 중요해지고픈 생각이 있어 같이 모였을 때 서로 칭찬과 격려를 통한 시너지가 나야 의미가 있다. 여러 모임을 나가면서 인간관계에 대해 한번 더 생각하게 되었다. 위에 언급한 데일카네기의 인간관계 비결을 다시 한번 곱씹어본다.

스치듯 안녕!

오늘 오후에 업무를 마치고 서초역 근처 변호사 회관 지하1층에 하는 지역주택조합세미나 에 참석하기 위해 직원과 함께 택시를 타고 출발했다. 택시는 논현역을 지나 강남역을 지나고 있다. 택시 밖 창문을 보다가 우연히 본 가게를 보고 예전 추억이 떠올랐다. 강남역 근처에 있는 그 스파게티 전문점은 아내와 결혼하기 전에 몇 번 소개팅을 진행하다가 잠시 스쳐갔던 분들이 생각났다.

1. 첫 만남에 내 질문에 예, 아니오로만 대답하고 1시간 동안 아무 이야기하지 않고 나갔던 간호사 선생님(정말 내가 마음에 들지 않았으면 그냥 바로 말을 하시지 그랬어요!)

2. 모자 쓰고 정말 홈패션으로 나왔던 건축 설계자 누나 (그냥 소개팅 하기 싫다고 직접 말씀하시지 그랬어요!)

3.디즈니 엘사처럼 완전 공주처럼 차려입고 나왔다가 음식 먹다가 자기는 이런 곳과 안 어울린다고 소리치고 나간 선생님(아직도 자기만의 왕국을 꿈꾸시나요?)

4. 나를채워가는시간들에도 소개했던 운전수를 찾으러 다니는 그분
　모두 나오는 스치듯안녕 하신 분들이다.

서초역까지 가면서 계속 그 가게의 추억만 떠오르며 혼자 피식했다. 그 가게 종업원이 나중에 아내와 사귀면서 한번 갔을 때였다. 아내가 잠깐 화장실에 가는 사이 종업원 왈,

"소개팅 성공하셨나 보네요. 매번 오실때마다 참 안타까웠어요."

"무슨 말씀이신지……."

"제가 손님 소개팅 할 때마다 음식 서빙하면서 응원했거든요. 제가 본 것만 4번이었으니……."

"아……."

그 시절 일이 너무 바빠서 매번 가던 그 가게에서 약속을 잡았는데, 실수다. 얼굴이 벌개지면서 부끄러웠다. 화장실에 갔던 아내가 자리로 오자 그 종업원 분도 갑자기 스치듯이 안녕한다. 나를 보고 피식대면서.

세미나를 듣고 집으로 돌아오는 길에 늘 보이는 휴대폰 매장에서 나오는 노래가 이수영의 〈스치듯 안녕〉이었다. 오랜만에 들으니 참 새로웠다. 자기전에 그 스치듯이 지나간 인연들에게 내 감성을 풍부하게 해주셔서 감사하다고 전하고 싶다.

ps. 왜 월급도 내 통장을 스치듯 안녕하며 지나갈까?

밥 잘 사주는 예쁜누나?

20살 대학 신입생 시절에 1년 선배였던 같은 과 선배 누나가 몇 번 먼저 연락을 하여 밥을 사준적은 있다. 늘 수업이 끝나는 5시반부터 학교 앞에 있는 술집에서 선배들을 찾아다니면서 술을 얻어먹곤 하던 시절이었다. 역시 그날도 동기들 몇 명과 선배들이 오라고 하는 술집으로 찾아가서 인사하고 막걸리에 파전을 먹기 시작했다. 내 앞자리에 앉아 있었던 선배 누나는 계속 나에게 막걸리를 먼저 따라 주면서 말을 시켰다. 유독 개인적인 느낌으로 다른 동기들보다 나에게 말을 많이 거는 것 같았다. 그게 누나가 나에게 이성으로 호감이 있었는지 잘 모르겠지만 내 입장에서 챙겨주는 사람이 있는 게 좋았다.

그 이후로 몇 번 누나가 점심도 사준다고 해서 공강시간에 따로 몇 번 보기도 했다. 어느날 누나가 저녁에 술 한잔하자고 하자는 삐삐가 와서 수업 중간에 땡땡이치고 술집에 가게 되었다. 갔더니 소주와 오뎅탕을 시켜서 누나가 먼저 드시고 계셨다.

"왔냐? 어여 앉아!"

옷은 여성스럽게 입으면서 성격은 완전 털털하다 못해 선머슴 같은 누나다. 앉자마자 한잔 받으라고 잔부터 들이민다. 마지못해 한잔 받고, 아직 신입생이라 학교 수업이나 대학생활에 대해 물어보고 상담도 받았다. 그렇게 한두잔 먹다가 누나가 좀 많이 드신 것 같아서 집에 가자고 했다. 물론 술값은 술 잘 살주는 누나가 냈다. 그때 누나 집은 내가 살았던 집과는 북쪽으로 거의 한시간 정도 떨어져 있는 반대편이었다. 누나가 자기 좀 집에 데려다달라고 했는데, 같이 지하철을 타고 가다가 막차가 끊길 시간이라 환승하는 지하철역 까지만 데려다주고 헤어졌다.

그런데 그날 이후로 누나의 연락이 뚝 끊겼다. 그렇게 연락이 안오니 궁금했지만, 신입생 시절은 워낙에 바쁘게 지내다 보니 잊게 되었다. 그렇게 한달이 넘은 시점에 학교 도서관에서 우연히 누나를 만났다. 인사를 드리려고 갔는데, 그냥 대답만 하고 먼저 사라지셨다. 갑자기 왜 그러신건지 지금도 잘 모르겠다. 정말 나에게 호감이 있었는데, 집에 데려다 주지 않은 것이 실수였던 건지. 20살에 밥과 술을 잘 사주었던 누나는 그렇게 내 곁에서 사라졌다.

이후로 직접 연애 상대자로 결혼전까지 연상을 만나본 적은 단 한번도 없었다.

여행지에서의 로맨스?

1995년 개봉한 영화 〈비포선라이즈〉를 우연한 기회에 며칠전 다시 보게 되었다. 기차여행 도중 낯선 사람과의 로맨스를 그린 영화로 에단호크와 줄리델피의 현실적이고 설레는 연기가 일품이었다. 기차 안에서 우연히 만난 두 사람은 그 짧은 찰나에 서로에게 빠져든다.

"나와 함께 비엔나에 내려요!"

이 한마디로 비엔나를 돌면서 밤새 이야기 나누고 즐거운 시간을 보내다가 헤어질 시간이 점점 다가올 때 그 아쉬워하는 표정은 압권이다.

예전부터 일적으로 출장을 많이 다니는 편이다. 지방을 내려갈때는 KTX를 자주 이용하는 편이다. 계속 사무실에 근무하다 오랜만에 출장을 가게되면 여행처럼 설레이기도 했다. 기차를 타게되면 나도 가끔 망상에 가까운 상상을 한다. 결혼전에는 혹시 옆자리에 젊은 여성분이 타면 영화처럼 그런 일이 일어나지 않을까라고 생각했지만, 먼저 이야기하지 않는 이상 절대 그런 일이 일어난 적은 없었다.

아직 결혼하지 않은 친구 한 명은 주기적으로 여행을 다닌다. 프랑스 파리에 갔다가 스위스로 넘어가는 기차 안에서 우연히 옆에 앉은 한국인 여행객 여자분과 함께 동행한 뒤 귀국 후에는 연인으로 지내는 모습도 목격한 적이 있다.

누구나 여행을 떠나게 되면 낯선 곳에서의 로맨스를 한번씩은 꿈꾸어본다. 그러나 특히 여성분들은 그런 로맨스 뒤에 낭만이 아니라 위험이 더 크게 도사리고 있을수도 있으니 주의가 필요하지 않을까? 너무 위험하지 않다면 개인적으로 인생에 한번쯤 그런 로맨스도 경험해 보는 것도 나쁘지는 않을 것 같다. (단 기혼자들은 제외하고……)

인생과 출근길

지금 다니고 있는 회사는 지하철역에서 약 15~20분 정도를 걸어야 한다. 처음 회사에 출근하는 날은 네이버 지도에 나오는 가장 빠른 길을 확인하고 몇 달은 그 한 길로만 다녔다. 그러다가 익숙해지니 나는 더 빠른 길이 있는지 아니면 조금 더 천천히 걸어갈 수 있는지 다른 경로를 확인하여 출근한다. 나와 같이 다니는 동료는 딱 정해진 그 길로만 4년째 다닌다. 자기는 딱 정해진 그 경로로 가야 마음이 편하다고 했다. 그는 자기가 하고 있는 일에 대한 목표도 확고하여 그 길로만 13년째 일을 하고 있다.

시간과 장소에 맞추어 자기 상황에 맞게 바꾸어 다양한 길로 걸어갈 수 있는 방법은 많다. 회사까지 가장 빠른 길을 선택하여 내 동료처럼 그 길로만 계속 꾸준히 다닐 수 있다. 그러다가 한 곳만 다니다 보면 나처럼 익숙해지고 가끔은 지쳐서 지겨워질 수 있다. 그러다 보면 다른 새로운 길을 알아보고 걸어가기도 한다.

　인생도 이렇게 출근길을 걷는 방법과 비슷하다고 본다. 너무 한쪽만 보고 계속 가다보면 어느 순간 지칠때도 있다. 나는 만 13년 사회생활 중에 11년간 도시계획 엔지니어의 한길로 일을 하면서 보람도 있었지만 계속되는 야근, 철야 근무와 하는 일에 받는 보수가 박봉인데다 그마저 체불되어 지쳐 버렸다. 그래서 아예 다른 직종으로 전업할까도 생각했지만 그러지 못하고 부동산 개발쪽 업무로 방향을 틀어 지금까지 일하고 있다. 나는 방향을 바꾸어 지금 이 길을 걷고 있는 것이 행운이었다. 그 일을 하면서 글을 쓰는 작가의 길로도 갈 수 있었으니 일석이조가 아닐까 싶다.

　물론 내 동료처럼 지치고 힘들더라도 묵묵히 참고 그 한쪽 길을 걸어가는 사람도 있다. 그런 사람은 자기 인생길이 어느 방향으로 가는지 명확하게 알고 있기 때문에 쉽게 그 다른 경로를 바꾸진 않는다. 이 글을 보는 여러분도 자기가 가고자 하는 인생의 방향이 맞게 가고 있다면 한쪽 길로 가든 안가든 그것은 중요하지 않다. 한쪽 길로 가다가 너무 힘들고 지치면 잠시 쉬었다가 다른 길을 찾아보고 다시 방향을 수정하여 묵묵히 걸어가면 그만이니까.

감정 다스리기

　연휴를 마치고 오랜만에 출근해서 일했더니 피곤하고 두통도 심한 하루였다. 회사에서도 아무것도 아닌 일로 동료에게 좀 예민하게 굴었고, 퇴근하고 집에 와서도 사소한 일로 아내와 잠깐 화를 냈다. 이상하게 하루종일 몸도 피곤하고 무기력해서 그런지 정신적으로도 좀 예민하게 굴었던 것 같다. 오랜만에 예전처럼 갑자기 욱해서 감정조절에 실패했다. 5살 아들처럼 감정에 너무 충실했던 건 아닌지. 그래도 나의 잘못된 행동에 사과가 빨라서 다행이었다.

　감정을 잘못 다스려서 사람들 간에 갈등이 생긴다. 조금 피곤하다고 자기와 의견이 맞지 않는다고 감정 조절을 못하는 사람들이 많아지고 있다. 얼마전 광주에서 발생한 집단폭행도 사소한 시비가 붙어 감정이 격해져 나와 벌어진 일이다. 그 결과로 피해자는 실명위기까지 왔다. 때란 가해자도 다친 피해자도 자기 감정을 다스리지 못한 대가는 너무 혹독했다.

사실 감정을 다스리는 일은 어렵지 않다고 책이나 전문가들은 말한다. 잠깐 한번 멈추고 내가 정말 이 일에 짜증이나 화를 내도 될 상황인지 흥분하지 말고 객관적으로 판단하여 행동하는 것이 중요하다. 화를 낸다고 그 일이 해결되는 것도 아니고, 오히려 상황이 더 안 좋게 만들기 때문이다. 그러나 현실적으로 감정을 다스리는 일은 쉽지만은 않다.

　나조차도 감정을 다스리는 일이 여전히 완벽하지 않다. 가끔 심신이 피곤하면 평상시에도 그냥 넘길 일에도 예민하게 군다. 그래도 조금씩 고쳐나가면서 나아지는 것에 감사하다. 이 글을 읽는 여러분은 감정을 조절하는 것이 쉬운지 아니면 어려운지 스스로에게 한번 반문해보자. 감정만 잘 조절하고 다스려서 화를 내지 않아도 문제를 더 크게 만들지 않을 수 있다.

한치 앞도 모르는 인생

　몇년전 이맘때쯤 나와 동갑이고 운동 좋아하고 건강했던 한 지인이 갑자기 하늘나라로 갔다. 물론 그주에 매일 쉬지도 못하고 야근한 이유도 있었지만 출장갔다가 돌아온 차 안에서 잠깐 눈 붙인다고 한게 마지막이었다. 매번 바빠서 만나자고 연락만 하다가 결국 장례식장에서 그를 보게 되었다. 울고있는 아내와 아직 잘 모르고 뛰어다니는 어린 자식을 보면서 참 많은 감정이 오고갔다. 늘 바쁘게 살고 뭔가를 하면서도 불안해하는 내 모습이 내일 당장 죽는다면 다 부질없다는 생각이 들었다.

　어릴때부터 불과 몇 년전 30대 후반까지만 해도 일어나지 않은 미래를 걱정하면서 불안해하고, 그렇다고 현재를 즐기지도 못했다. 매번 일이 바빠서 정신도 없었지만 이렇게 사는 것에 대해 불평불만만 했다. 일이 힘들고 내가 하고

자 하는 목표만 확실했으면 즐기면서 일하고, 내일 당장 죽더라도 후회는 하지 않았을 텐데……. 늘 뭔가에 쫓기는 듯한 삶을 살면서 마음을 졸이면서 살다보니 오히려 내 명만 스스로 단축하는 꼴은 아니었는지.

지금은 그냥 인생이란 하루하루 충실히 살면서 즐거운 일이 있으면 즐거워하고, 정말 슬플때는 한번씩 울고, 그 외에는 덤덤하게 받아들이는 게 좋지 않을까 한다. 한치 앞도 못보고 내일 당장 어떻게 될지 모르는 인생사. 정답은 없지만 내가 살아있을 때 무엇을 하든지 최선을 다하면서 행복하게 지내는 게 최선이 아닐까 한다.

불완전한 자신 인정하기

어느 부부가 그렇듯이 신혼때는 참 아무것도 아닌 일로 크게 싸운다. 지금은 많이 나아졌지만 나는 어떤 트러블이 생길 때 바로 감정적이 되어 다혈질 성격이 되어버린다. 그냥 차근차근 단순히 대화로 풀어도 될 문제를 처음부터 화를 내어 문제를 크게 만들었다. 그것보다 더 심각한 것은 내가 그 점에 대해서 인정을 하지 않았다는 점이다. 나보다 더 이성적인 아내는 늘 이 점을 지적하면서 차근차근 대화를 풀어보자고 하면서 좀 다혈질적인 성격은 고치라고 했지만 나는 듣지 않았다. 자꾸 아내가 하는 잔소리가 듣기 싫어서 당신 그 잔소리나 그만하라고 했다.

술에 관해서도 마찬가지다. 예전보단 많이 나아졌지만 아직도 가끔 폭음하는 경우가 있다. 보통 먹으면 많이 취하니까 술을 조금만 먹으라고 주위사람들이 이야기해도 듣지 않고 잔을 계속 들면서 마신다. 이미 취해 있는데 안 취하니 걱정하지 말라고 또 인정하지 않았다.

　내 스스로 부족하거나 단점을 알고 있는데도 인정을 하지 않는 것이 문제다. 그 점을 인정하고 해결책을 찾고, 하지 말아야 하는데 그렇지 못했다. 사람들은 자기에게 부족한 점이 있으면 숨기려고 하고, 인정하지 않는 경우가 있다. 단점은 인정하고 수용하여 고쳐나가는 게 맞다고 본다. 이제는 아내가 싫어하는 점에 대해서 감정조절이 서투르고 다혈질인 성격을 인정하고 고치려고 노력중이다. 많이 고쳤다고 생각했지만, 술 문제도 인정하면서 더 노력하려고 한다. 이 글을 읽는 여러분도 자기에게 부족한 것은 솔직하게 인정하고 보완하면서 장점을 더 부각시킨다면 좀 더 수월한 인생길을 열 수 있지 않을까 한다. 100% 완벽한 사람은 없다. 불완전한 자기를 인정하고 사랑하는 법도 계속 노력해야겠다.

연애? 결혼?

2008년 가을에 지금의 아내를 만나서 연애한지 딱 1년째 되는 날 결혼을 했다. 그리고 벌써 햇수로는 10년차가 되었다. 벌써 결혼한지도 강산이 한번 변한 시간이다. 아내와 처음 만나서 지금까지 지낸 시간을 합치면 11년이 넘어간다. 그 사이에 우리의 관계는 좋을 때도 있고, 심각한 위기까지 간 적도 있었다. 소개팅으로 만난 아내와는 처음 만난 날부터 말도 잘 통하고, 책과 영화라는 공통점으로 친하게 되었다. 그 다음날도 다시 만나 영화를 보고, 만남을 이어 갔다. 연애 초기에는 서로 좋아하는 마음이 크다보니 상대방의 단점도 잘 보이지 않는다. 그만큼 서로에게 잘 배려하고 맞추면서 잘 지낸다. 그러다 서로에게 익숙해지면 이제 콩깍지가 벗겨져서 싸우기도 한다. 연애할때는 서로 간의 신뢰와 사랑만 있으면 관계는 계속 유지할 수 있다고 생각된다.

서로 간의 사랑이 깊어지면 결혼에 대해 생각하게 된다. 결혼이란 말이 시작될 때 이젠 사랑+현실적인 부분이 개입이 된다. 요새 연애하는 남자들이 사랑하는 여자가 결혼에 대해 이야기하면 현실적인 문제로 다른 핑계를 대면서 차

일피일 미루다가 헤어지는 경우가 많다고 한다. 나도 그랬다. 젊은시절 너무 놀다보니 모아놓은 돈은 그리 많지 않았다. 아파트 구입은 못해도 전세라도 얻어야 하는 걱정이 앞섰다. 내가 가진 재정이 많지 않다고 이야기를 어떻게 꺼내야 할지 걱정했지만, 매도 먼저 맞는게 낫다 싶어 솔직하게 이야기했다. 아내는 괜찮다고 하면서 우리가 가지고 있는 범위에서 작게 시작해도 된다고 해서 대출을 조금 받아 작은 빌라에서 전세로 신혼집을 구했다. 그렇게 집을 먼저 구하고 일사천리로 결혼준비를 3개월만에 끝내고 지금까지 살고 있다.

결혼하고 나선 4년차까진 정말 크게 싸우고, 서로에게 많은 상처를 주었다. 회사에서 해고당한 시기와 맞물리다 보니 스트레스도 많았고, 참으로 바보같이 나는 아내에게 짜증을 내곤 했다. 특히 결혼생활은 돈을 무시할 수 없다. 생활비를 비롯해 들어가는 고정비도 많다 보니 월급이 밀리면 정말 답이 없었다. 가장으로서 체면도 서지 않고, 정말 가끔은 결혼하지 말고 혼자 살 것을 후회한 적도 있다. 결혼하고 이혼하는 이유도 경제적인 문제가 많은 비중을 차지한다고 하니 크게 공감한다.

연애나 결혼은 남녀가 만나 사랑을 하고 그 관계를 계속 유지한다는 점에 비슷하지만, 현실적인 문제가 개입이 되었을 때 결혼은 연애보단 더 어렵다고 생각된다. 지금은 무조건 예전처럼 결혼을 꼭 해야 한다는 사람이 점점 줄어가고 있다. 결혼을 하면서 힘들게 사는 것보단 혼자 살아도 즐길 수 있는 방법이 많아지는 이유이기도 하다. 굳이 피곤하게 결혼이란 굴레에 갇혀 사는 것보단 연애만 즐기면서 편하게 살고싶은 시대적인 분위기도 한몫하는 것 같다.

나도 정답은 모르겠다. 연애와 결혼에 대해서 각각 장단점이 있으니 결국 자기에게 잘 맞는 방식이 제일 좋지 않을까 한다. 만약 이 두 개중에 하나를 고르라고 여러분께 물어본다면 어떻게 살고 싶은가?

삶의 흐름이 이끄는 대로

일요일 오전 예배시간 설교를 듣는데 오랜만에 확 와 닿는 이야기를 들었다. 절실한 크리스찬은 아니지만 감정과 마음의 평화를 위해서 신앙을 가져보려 노력중이다. 설교의 주제는 '인간은 인간이고, 하나님은 하나님이다.' 였다.

인간이 자기 인생에서 좋은 결과를 위해 최선을 다하지만 그 결과는 하나님만이 알 수 있다는 내용이었다. 쉽게 말해 불완전한 인간은 누구나 자기 입장에서 주어진 일이든 해야하는 책임이든 최선을 다하지만 결과는 좋게도 나올수 있고, 또 그 반대로 나쁠 수도 있다. 그 결과에 대해서 전지전능하신 하나님이 판단하여 내린다는 의미다. 기독교 입장이 아닌 사람들이 보면 무슨 소리냐고 할 수 있을 것 같다.

나는 이 말을 이렇게 바꾸어서 나름대로 해석했다.

"인생을 살면서 내가 할 수 있는 것에 최선을 다하고, 그 결과는 하늘의 뜻에 맡기자."

어디서 많이 들어본 문구처럼 보일 것이다. 사자성어로 하면 "진인사대천명[盡人事待天命]"과 같은 뜻으로 풀이될 수 있다. 지금까지 살면서 가끔은 최선을 다하지 않고 요행을 바라는 적도 많다. 직장에서 업무를 수행하면서 익숙하고 작은 일은 그냥 하던대로 하면 되겠지 하고 대충하다가 큰 코 다친 적도 많았다.

어떤 일을 함에 있어서 자기가 할 수 있는 범위가 있기 때문에 그 한도내에서 최선을 다하기만 하면 된다. 그리고 그 결과는 어떻게 될지 아무도 모르기 때문에 미리 걱정할 필요가 없다. 내가 스스로 할 수 있는 범위를 넘어섰기 때문에 자기가 할 일만 최선을 다해서 후회없이 하고 기다리는 게 중요하다. 그 결과가 좋으면 기뻐하면 되고, 좋지 않다면 다시 한번 시도해 보면 그만이다.

기독교에서 말하는 하나님의 뜻에 맡기라는 말씀도 이와 같은 의미일 것이다. 이 글을 보는 여러분들도 열심히 무엇인가를 하고 있지만 잘 풀리지 않다고 미리 걱정하지 않았으면 한다. 삶의 흐름이 이끄는 대로 내가 할 수 있는 일에만 최선을 다하자. 그리고 그 결과는 하나님의 뜻에 아니 하늘의 뜻에 맡기도록 하자. 그리고 마음 편하게 즐기면서 기다리자.

좋은 기억? 나쁜 기억?

어제 징검다리 연휴에 당직근무가 있어서 혼자 회사에 출근했다. 늘 북적북적되던 사무실에 혼자 앉아 있으니 정말 독서실에 온 것처럼 조용했다. 혼자 책을 보다가 멍하게 모니터를 또 한번 처다보고 졸기도 하고…… 사무실이 9층이다 보니 잠깐 서서 창문을 내려다 보기도 했다. 내려다 보면서 잠깐 2-3년 내 지나간 일들을 잠시 떠올려보았다.

일, 인간관계등 모든 일에 있어서 좋은 기억, 나쁜 기억들이 하나하나 떠오른다.

좋은 기억에는 기뻐하고 축하하면서 같이 웃고 감사할 일이 포함된다.

나쁜 기억에는 미안하고 아쉬운 감정이 교차한다.

좋은 기억은 계속 간직하면서 떠오르면 힘이 되지만.

나쁜 기억은 계속 떠올려보면 한숨만 나오고 힘이 빠지니 빨리 잊어버리고 싶다.

나라는 사람도 아직도 불완전하다 보니 좋은 기억도 많지만, 나쁜 기억도 같이 많다. 이 두 가지 기억을 곱씹다보니 한 가지 공통점이 있다는 것을 알게 되었다.

"좋은 일이 생기거나 나쁜 일이 생기거나……. 결국 어떤 일이 일어날 때는 무슨 이유가 있어서 생긴다."

어떤 사건이 발생하려면 어떤 원인이 있어야 한다. 좋은 기억에 남아있는 일들은 내가 어떤 좋은 원인을 가지고 했던 행위들의 결과물이다.

나쁜 기억에 남아있는 일들은 나의 어떤 실수로 인해 발생한 행위들의 결과물이다.

유독 나쁜 기억에 남아있는 일들에 대해 자꾸 생각하고 곱씹는일이 많이 생기는 요즘이다. 이미 벌어진 일이나 틀어진 관계에 대해서 후회하고 아쉬워하면 뭐하겠는가? 있을 때 잘하고, 미리 조심하라는 말이 괜히 있는 게 아닌 것을 느낀다.

요 근래 인문학 서적을 조금씩 접하면서 인생에 대해 생각하는 시간이 길어진다. 지금까지 살아온 내 흔적을 돌아보니 스스로 많은 나쁜 기억이 많아서 이것에 대한 반성하는 마음을 가져보고 있다. 또 어떤 일이 일어나기 전에 내가 하고 있는 행위가 올바른 건지 한번 더 생각하는 연습도 해보고 있다.

이 글을 보는 여러분도 혹시 요새 자신에게 좋은 일이든 나쁜 일이든 어떤 일이 일어난다면 반드시 그건 어떤 이유가 있어서 생기는 것이니……. 좋은 일이 있다고 너무 들뜨지도 말고, 나쁜 일이 있다고 너무 후회하지 말고 담담하게 보냈으면 하는 바람이다.

다단계의 추억

군대를 제대하고 복학하기 전 몇 달간 돈이라도 벌어야 할 것 같아서 아르바이트 자리를 알아보러 다니는 중이었다. 어느날 군대 동기가 괜찮은 아르바이트 자리가 있다고 연락이 왔다. 함께 벌이가 괜찮다는 말에 혹해서 어느날 점심에 강남역 한 빌딩 앞에서 동기를 만났다. 동기는 날 만나자마자 손을 붙잡고 얼렁 빌딩 안으로 들어가자고 했다. 잠깐 손을 뿌리치고 나는 그에게 물었다.

"무슨 일 하는 거야? 들어가도 알고는 가자."

"들어가면 다 알게 되니 어여 들어가자."

조금 이상하다는 생각은 들었지만, 들어가서 직접 듣는 게 오히려 더 낫겠다 싶어 동기를 따라 그 빌딩으로 들어갔다. 빌딩 안 강당에 정장을 입은 사람들

이 많이 앉아있었다. 어느 한 남자가 동기와 나를 보고 앞으로 왔다. 동기는 그 남자를 아는 척 하면서

"친구를 데려왔습니다. 마스터님!"

마.스.터? 뭐지? 하는 생각이 들었다.

"어서오세요! ○○기획에 오신 걸 환영합니다. 일단 자리에 앉으세요!"

떠밀리는 듯 나는 그 마스터를 따라 의자에 앉았다. 몇 분이 더 오시고 나서 그 마스터라는 분이 앞에 나와서 설명을 하기 시작했다.

"옥매트를 사서 직접 사람을 만나 판매를 해야 합니다. 이 영업방식으로 여러분은 직장인의 몇 배에 육박한 돈을 버실 수 있습니다."

'아, 당했구나. 이런게 말로만 듣던 다단계구나⋯⋯.'

쉬는 시간에 잽싸게 그 빌딩을 벗어나려고 나가려는데, 건장한 체구의 남자 두명이 내 앞을 가로막았다.

"못가십니다. 교육이 끝나고 이 옥매트를 사기 전까지⋯⋯."

"○○야, 이 사람들 왜 이래!!"

동기를 불러서 도움을 요청했더니 오히려 내 팔을 잡고 다시 들어가려고 했다. 화가 나서 동기를 한 대 치고, 가로막는 그 사람을 밀쳐내고 냅다 뛰었다. 한 10분을 뛰고 그 빌딩에서 최대한 멀리 떨어져 있게 되자 안도가 되었다. 계속 그 동기에게 전화가 걸려왔다.

"○○야! 다시는 보지 말자!!"

그리고 번호를 수신차단했다. 옥매트를 70만원 어치를 먼저 사야된다는 그 마스터 말씀이 아직도 잊혀지지 않는다. 요샌 네트워크 마케팅이라 하여 많은 사람들이 자산을 만드는 방법으로 일을 하고 있다. 나중에 들은 이야기지만 그 동기도 1년만 다니고 회사에 잘 다니고 있다.

살아있는 것만으로도 기적이다

얼마전 지인이 큰 교통사고를 당했다는 소식을 듣고 병문안을 간적이 있다.

사고가 얼마나 컸던지 약 일주일을 의식없이 있다가 다행히도 깨어난 소식을 듣고 가게 되었다. 몇 년전에 같은 회사에서 근무한 인연으로 친하게 지내다가 그만두고 가끔 전화로 안부만 전하던 사이였다가 사고소식을 듣고 깜짝 놀랐다. 병실에 들어갔더니 침대에 앉아서 밥을 먹고 있는 그를 보고 인사했다. 그래도 빠르게 회복중이다 하니 감사했다. 이런저런 이야기를 나누다가 갑자기 그가 한숨을 쉬다가 웃으면서 한마디했다.

"사고 당시에는 죽는 줄만 알았어. 그 순간 모든 게 멈춘 듯하고, 의식을 잃어서 기억이 없네. 의식을 찾고 나서 그래도 살아있다는 게 얼마나 다행인지……

그 말을 듣고 살아있고 건강하게 지내는 것이 당연하게만 여기고 있던 사실을 다시 한번 일깨워주어서 감사했다. 그 지인도 지금까지 성공과 돈을 벌고 싶은 욕심에 앞만 보고 달려왔는데, 그렇게 사고가 나고 돌아보니 일단 살아있고, 당연하게만 지냈던 그 일상들이 참 그립다고 했다. 이런 이야기를 예전에 들었으면 잘 공감이 가질 않았지만, 나이가 들면서 살아있고 건강한 것이 가장 큰 선물이라고 느낀다.

DID 강사님 중에 임용재 강사님도 갑자기 건강이 좋지 않으시다가 다행히도 회복하셔서 정말 감사했다. 며칠동안 집안일과 다른 몇 가지 일로 또 고민하고 짜증을 내는 내 자신을 한번 반성하고 돌아보게 된다. 이 글을 보는 여러분들도 혹시 힘들거나 지치더라도 그것도 일단 살아있기 때문에 느낄 수 있는 감정이라고 생각해보자. 오늘도 살아있음에 그 자체만으로 기적이고 감사하게 느끼면서 힘을 내보는 거 어떨까?

괜찮아! 힘들 땐 울어도 돼

퇴근길 역 근처에서 들렀던 분식집에서 김밥을 주문하고 기다리고 있었다. 옆에 앉아 있는 젊은 남녀가 이야기 중인데, 우는 여자를 남자가 달래고 있었다.

"오빠, 나 이번에 공무원 시험 또 떨어진 것 같아. 몇 번째인지 모르겠다. 엉엉엉."

"괜찮아. 다시 시험준비 하면 되지. 힘내⋯⋯."

"아니. 이제 자신이 없어. 또 떨어질까 두려워. 이제 그만둘까? 엉엉엉."

남자는 울고 있는 여자에게 더 이상 말을 하지 않고 손을 꼭 잡아주고 있었다. 내가 들은 이야기는 여기까지다. 아마도 공무원 시험을 몇 번 준비하다 또 떨어진 여자친구가 너무 상심이 크고 힘든 나머지 남자친구가 그녀를 위로해주는 형국이다. 얼마나 힘들었으면 저렇게 서럽게 눈물을 흘릴까 할텐데, 지난 기억을 떠올려보니 충분히 이해가 된다.

6년전 겨울 해고당하던 그날 집 앞 전봇대에서 정말 너무 힘들었는지 한순간에 무너져 내 인생에 아마도 그렇게 많은 눈물을 흘린 기억이 있다. 한번 터진 눈물이 눈이 퉁퉁 부을 정도로 서럽게 울었다. 그렇게 울고 나니 희한하게 마음이 좀 가라앉으면서 감정이 조금 정리되는 느낌을 받았다. 그 전에 담담하게 참고 있을때는 몰랐지만, 속으로는 정말 힘들게 버티고 있었는지 모른다.

　위에 그녀도 시험에 떨어졌다는 소식을 듣고 처음부터 울지 않았을까 라는 생각이 들었다. 그렇게 생각한 이유는 저렇게 서럽게 울 정도면 자기의 모든 감정이 무너지고 북받치는 최고점에 다다른 것처럼 보였기 때문이다. 나도 그만두는 날 직장에서 짐을 싸고 동료들과 헤어질때도 담담했는데, 바로 집 앞에서 그 모든 것들이 무너지니 주체할 수 없었다. 그렇게 남자친구 앞에서 울던 그녀도 조금은 털어내지 않았을까 생각된다.

　지금 현대사회를 살아가는 사람들은 힘들어도 참으라고만 한다. 물론 힘들다고 계속 티내는 것은 아니다. 그러나 정말 힘들 때 한번쯤은 울어도 좋다고 생각한다. 자기는 힘들고 슬픈데 자꾸 웃고 긍정적으로 생각을 하라는 것도 어불성설이다. 이미 자기 마음은 그렇지 않은데 억지로 웃으라고 하는 건 좀 아니라는 생각이 들었다. 물론 억지로 웃는 습관은 나쁘지는 않지만, 그냥 솔직하게 '나 지금 힘들어!!'라고 표출하고 우는 것이 스트레스 해소에 더 좋다. 슬프고 힘들때는 울고, 기쁠 때는 웃고……. 가장 기본적이지만 지키기도 힘든 것이 사실이다. 이 글을 읽고 힘들고 지친 여러분이 계시다면 딱 한번쯤은 자기에게 이렇게 외치면서 자기만의 시간을 가져보는 것도 좋을 것 같다.

　'괜찮아! 한번쯤 힘들 때 울어도 돼.'

　이보전진을 위한 일보후퇴라는 느낌으로 힘들 때 마음껏 울 수 있는 감성도 가져봤으면 하는 바램이다.

나는 포졸 3이었다

대학 시절에 참 많은 아르바이트를 했다. 군대 제대 후 캐드를 배우는 학원에서 만난 친구와 친하게 지내게 되었다. 어느날 그가 일당이 좋은 아르바이트가 있다고 나에게 알려주었는데 귀가 솔깃했다. 하루에 잘만 하면 10~12만원까지 벌 수 있다고 했다. 막노동 일당보다 더 많이 벌 수 있는 확신이 들어서 무슨 아르바이트냐고 물어보았다.

"드라마 단역 아르바이트야. 가서 시키는 대로만 하면 된다고 하네."

"너 해 봤어?"

"아니! 그래도 돈 많이 준다고 하니 해보고 싶네."

그 당시에 돈을 제일 많이 주는 아르바이트가 소문으로 듣기에 죽은 사람 몸을 닦는 일이라고 했다. 제 정신에는 할 수가 없어 가기 전에 소주 한병은 먹고 가야 한다는 전설로만 들었던 일인데, 겁이 많은 나는 도저히 할 용기가 나지 않았다.

　그래도 드라마 단역 아르바이트는 재미있을 거 같아서 친구의 말에 흔쾌히 허락하고 당장 신청했다. 며칠 뒤 드라마를 진행하는 진행 부장에게 갔더니 당장 들어가는 사극에 엑스트라로 출연할 것이고 조금 힘들텐데 괜찮냐고 물어보았다. 뭐 젊어서 사서 고생도 하는데, 돈 주면서 고생하는 것은 더 좋은 일인 것 같아서 무조건 한다고 했다.

　일주일 뒤 진행부장이 말한 방송국 앞에서 아침 일찍 버스를 타게 되었다. 그 친구와 나는 새벽에 일찍 일어나서 피곤했지만 기대에 들떠서 잠도 오지 않았다. 몇 시간을 달려서 어느 지방 사극 촬영장 앞에 도착하였다. 민속촌처럼 똑같이 생긴 세트 앞에 내렸다. 그때가 늦은 가을이라 날씨가 많이 추웠다. 잠깐 대기하고 있는데 진행요원이 와서 자기를 따라오라고 했다. 우리 말고도 50명 정도가 되는 많은 인원이었다. 진행요원은 10명에서 20명씩 무리를 나누어 배역을 나눌테니 줄을 서라고 했다. 나와 친구도 중간쯤 줄을 서서 어떤 배역이 올지 기다렸다. 다른 진행요원이 오더니 나와 친구가 있는 무리를 다른 세트로 끌고 갔다.

　"여러분은 이제 포졸입니다. 지금 나누어 주는 옷을 입고 다시 여기 앞으로 모이세요!"

　와, 포졸! 얼른 포졸옷을 갈아입고, 짚신을 신었다. 그런데 날씨가 추운데 옷이 너무 얇고 짚신 사이로 바람이 들어왔다. 곧 촬영을 하는걸로 생각했는데, 배우가 늦게 와서 3시간을 기다리게 되었다. 그냥 무슨 기와집 세트 밖에서 앉아 기다리는데 파카를 입고 있어도 하의가 너무 얇고, 짚신으로 바람이 들어와 얼어 죽는 줄 알았다. 그렇게 주연배우가 도착하여 촬영에 들어갔다. 주연배우가 사또였다. 그가 뛰면 뒤에서 같이 뛰는 것이 첫 촬영이었다. 1시간을 계속 뛰고 또 뛰었다. 발이 시렵고 얼어 붙는데 계속 뛰라고 해서 뛰었다.

나는 이게 마지막 촬영이라고 생각했다. 3시간 기다리고 1시간 뛰고 12만원 벌었으면 대박이라고 생각했다. 그러나 촬영이 3개나 더 있다고 했다. 3개를 연달아 찍으면 금방 끝나겠지 했다. 그러나 진행요원이 와서 남은 촬영은 낮에 찍는 씬, 밤에 찍고 또 새벽에 찍는 씬이라고 설명했다.

'뭐라고!'

와서 밥은 한번도 주지 않는데, 벌써 시간은 오후 2시를 넘어갔다. 모두 허기져서 밥은 주냐고 했더니 안 그래도 지금 도시락을 가지고 온다고 했다. 와! 모두 소리를 질렀다. 그러나 배식 받은 도시락은 얼음이었다. 날씨가 추워서 아침에 가져왔던 음식이 다 식다 못해 영하 날씨에 얼어버렸다. 그래도 배가 고프니 어쩔 수 없이 꾸역꾸역 먹었다. 눈물이 나왔다.

낮에 찍는 씬은 사또가 목이 마르니 물을 가져다주는 씬이었다. 물을 가져다 주는 포졸로 내가 낙점되었다. 주연배우가 물을 가져오라고 하고 나는 다행히 한번에 물을 잘 가져다줘서 엔지없이 촬영을 마쳤다. 진행요원이 포졸3번 잘 했다고 칭찬해주는데 우쭐했다.

그리고 4시간을 다시 밖에서 대기했다. 날씨가 너무 추워서 발이 거의 동상에 걸릴 것 같았다. 친구는 나의 눈치를 보기 시작했다. 먼저 자기가 소리쳤다.

"내가 왜 여기 와서 이런 걸 하려고 했는지……. 에이!"

나는 아무말도 하지 않았다. 덕분에 고생이지만 재미있는 경험을 하게 된 것 같아서 괜찮다고 오히려 그를 위로했다. 그러나 사실 너무 춥고 배고파서 속으로는 친구를 조금 원망했다. 그렇게 4시간을 기다리고 밤과 새벽에 다시 사또 가 뛰어가면 뒤를 따라가는 씬을 찍고 마무리했다. 식사는 오후에 먹은 얼음 도시락과 밤늦게 먹은 분식이 다였다. 그렇게 23시간을 꼬박 채우고 촬영이 끝났다. 옷을 갈아입고 난 뒤 진행요원이 봉투를 하나씩 나눠준다.

대기시간에 잠깐 잠을 잤지만 거의 하루를 꼬박 잠도 자지 않고 기다리고 촬영하고 받은 댓가가 12만원이었다. 그래도 몸은 힘들었지만 태어나서 처음으로 해본 엑스트라 아르바이트였다. 드라마 제목은 밝히지 않지만, 그 시기에 참 인기있는 드라마였다. 나중에 방송에는 편집으로 내가 물을 가져다 주는 씬은 나오지 않아서 아쉬웠다. 지금 다시 시간이 난다면 엑스트라로 한번 다른 시대극 아르바이트를 해보고 싶은 마음은 있는데, 하게 된다면 춥지 않은 날에 가는 걸로.

선생님 죄송합니다

고등학교 시절 이과를 가게 되었지만 뼛속까지 문과체질이었던 나는 영어, 역사등의 과목에 강했다. 대학도 공대를 지원했지만 유일하게 수학능력시험 영어성적을 2배로 쳐주는 바람에 합격한 것 같았다. 자랑은 아니지만 중학생 때부터 혼자서 알파벳을 외우고 영어책을 읽고하다 보니 자연스럽게 영어와 친하게 되었다. (지금은 그냥 간단한 회화만 할 수 있는 정도입니다.)

대학 시절에 참 많은 아르바이트를 했는데, 나도 한번 과외 아르바이트에 도전하기로 했다. 공대생인데 수학과 과학이 아닌 영어를 가르쳐보기로 했다. 우선 어머니께 혹시 지인 자녀분 중에 배워 볼 학생이 없는지부터 물어보고, 또 나름대로 본 것은 있어서 A4 용지에 홍보문구를 만들어 전봇대에 붙여보기도 했다. 며칠이 지나고 나서 어머니께서 부르시더니

"내가 아는분 자녀가 고등학생인데 영어를 아예 싫어해서 기초도 없다고 하

니 가서 한번 가르쳐 볼래?'

당연히 내 답은 Yes였다. 다시 일주일 뒤 수업이 없는 날을 골라서 그 집으로 찾아갔다. 어머니 지인께 인사를 드리니 마르고 나보다 키가 큰 남학생을 데리고 나오셨다. 그 집 거실 소파에 앉아서 어색한 미소를 지으면서 그 학생과 멋쩍은 인사를 나누었다.

"안녕."

"안녕하세요."

일주일에 2시간 2회하고 한달에 15만원을 받기로 했다. 롯데리아에서 하루 5시간 한달을 꼬박 일해야 받을 수 있는 돈 액수와 같으니 시간을 적게 투자하고 큰 돈을 벌 수 있는 꿀 아르바이트였다. 지금부터 딱 20년전이니 한달에 15만원이면 나에겐 큰 돈이었다.

그 당시 유행했던 성문영어 시리즈를 가지고, 일단 기초가 없다고 해서 성문 기초영어를 사서 한번 그 학생을 테스트했다. 그런데, 알파벳은 알지만 단어의 조합이나 문장 구성등도 엉망이었다. 고등학교에 들어올 수 있었던 게 신기했는데, 물어보니 영어를 제외하곤 평균 이상으로 하는 친구였다. 영어를 싫어하게 된 계기가 꼬부랑 말을 알아들을 수 없었고, 중학교 시절 영어 선생님이 너무 못생겨서 공부하기 싫었다고 하는데 조금 이해가 되지 않았다.

그렇게 일주일에 2회 성문 기초영어로 하나하나 알려주기 시작했다. 그 학생도 조금씩 영어에 흥미를 붙이기 시작하는 것 같았다. 그렇게 두 달이 지나고 시험기간이 되어 교과서와 문제집을 보면서 문제를 찍어주기도 했다. 내신이 걸린 중간고사에서 20점을 받은 점수가 80점으로 급상승했다. 학생 어머니께서 흡족해하셔서 과외비를 더 주겠다고 하셨는데, 사실 수능 모의고사 영어 시험이 더 중요했다. 학교 자체적으로 보고 내신이 걸린 중간고사나 기말고사는 어느 정도 범위가 적고 문제집에서 약간만 변형하다 보니 찍어도 쉽게 점수가 나온다. 하지만 수능 영어시험은 본인이 직접 해석을 하고 생각을 해서 풀어야 하기 때문에 나는 그 학생에게 영어 단어, 문장구조, 해석하는 방법등을 알려주려고 했다.

그 학생도 영어에 흥미를 조금씩 느끼면서 내준 과제도 잘 수행했다. 다시 한달이 지나고 수능 모의고사를 보게 되었다. 시험을 보고 다시 만난 그는 내 덕분에 영어시험을 잘 본 것 같다고 했다. 나는 그의 말에 감동받아 그날은 수업을 하지 않고, 당구장에 가서 신나게 놀았다. 하지만······.

"죄송합니다. 선생님. 이제 그만 오셔도 될 것 같습니다. 본인 영어실력이나 키우고 오세요!"

그랬다. 나는 시작한지 3달만에 짤렸다. 이유는 그 학생이 친 수능 모의고사 영어 점수가 80점 만점에 10점을 맞은 이유였다. 100점으로 하면 20점을 맞은 것이다. 그 친구는 내 앞에서 하는 척만 했던 것이다. 수능 모의고사 영어는 다 찍고 시간이 남아서 잤다고 한다. 그럼 나에게 뭘 배운거냐고 물어봤더니 그의 대답에 난 다시는 과외 아르바이트를 할 자신감이 없어졌다.

"생각이 안 나네요."

떨어진 곳이 하필이면

　이번 지방선거일 전날 어머니 생신을 겸하여 퇴근하고 오랜만에 본가를 찾았다. 같은 아파트 단지내 부모님과 여동생 부부가 다른 동에 살고 있다. 단지 앞에 있는 고기집에서 갈비와 삽겹살등 고기 파티로 어머니 생신을 축하드렸다. 이후 동생네 집으로 간단히 2차를 하기 위해 갔는데, 거실에 작은 트램폴린(일명 방방)이 놓여 있었다. 매제에게 물어보니 아이와 어른도 같이 올라가서 뛸 수 있고, 몸무게 100kg까지 감당할 수 있다고 했다. 우리 두 아이와 조카가 같이 올라가서 뛰는 모습에 나도 같이 합류하여 오랜만에 뛰었는데, 너무 뛰다가 천장에 머리를 부딪혔다. 순간 예전 추억이 스쳐 지나갔다.

　나도 초등학교 2학년때까지 지금 살고 있는 본가 옆 안양천 둑에서 설치된 큰 트램폴린을 자주 타던 기억이 난다. 그때는 오백원에 30분 정도를 탈 수 있었다. 어느 날 여동생, 사촌들과 함께 트램폴린을 타러갔다. 돈을 내고 열심히 서서 뛰고 앉아서 구르면서 재미있는 시간을 보냈다. 다시 일어나 중간에서 뛰면서 구석으로 이동했다. 구석에서 열심히 뛰고 있는데, 갑자기 내가 중심을 못잡고 제대로 착지를 하지 못하고 트램폴린 밖으로 튕겨져 나갔다. 트램폴린 주위로 가림막이 있었는데, 그날따라 가림막이 다 찢어져 있으나마나 한 상태였다. 튕겨져 나간 나는 풍덩하고 안양천 물에 빠져 버렸다. 물에 빠진 것까진 좋았다. 나를 구하러 달려온 동생과 사촌들은 건져낸 후 바로 인상을 찌푸리고 뒤로 물러났다. 동생이 한마디한다.

"오빠 몸에서 똥냄새가 나……."

그랬다. 사실 지금 안양천은 오랜기간 물을 정화시키다 보니 그나마 깨끗해진 편이지만, 그 시절은 정말 안양천 물은 더러웠다. 소위 dung 물이라고 표현될 정도로 물 위로 그것들이 둥둥 떠다녔다. 떨어진 곳이 하필이면 거기였을까? 집에 와서 샤워를 2번 넘게 했는데도 냄새가 가지 않는 느낌이었다. 나중에 들은 풍문으로는 그 스멜이 하루가 지나서야 없어졌다고.

똥빠지게 달린 날

초등학교 시절 가끔 하교길에 해서는 안될 장난을 가끔 쳤다. 남의 집 대문 벨을 누르고 바로 도망가는 그런 류의 장난이었다. 처음에는 단독주택 대문에 있는 벨을 누르고 도망치고, 점점 대담해지더니 아파트 현관 옆 벨을 누르고 계단을 빠르게 내려가서 도망치곤 했다. 지금도 단거리 달리기는 누구와 붙어도 자신 있을 만큼 어릴때도 달리는 것 하나 믿고 그런 장난을 쳤던 것 같다.

그 날도 집에 돌아오는 길에 친구와 헤어지고 오락실에 갔다가 단독주택 대문 벨을 누르고 바로 도망치기 시작했다. 그런데 갑자기 대문이 열리더니 개 한 마리를 끌고 달려오는 아주머니가 뒤로 보였다. 개는 짖어대고 아주머니가 소리쳤다.

"너 거기서! 너였구나. 오늘 걸리면 아주 죽을 줄 알아!"

와 정말 뛰면서 잡히면 죽을 것 같아서 미친 듯이 달렸다. 중간에 다른 골목을 들어가서 방향을 바꾸면서 앞만 보고 달렸다. 아주머니도 개줄을 끌고 가쁜 숨을 몰아쉬면서 뛰어오는 소리가 들렸다. 계속 뛰다가 뒤를 돌아보니 아주머니가 보이지 않고, 너무 힘들어서 중간 한 빌라 현관문 뒤에 납작 엎드려 숨었다. 정말 너무 무서워서 눈을 감은 채 30분을 엎드려 있었던 것 같았다. 온 몸에 땀이 나면서 부들부들 떨렸다. 감은 눈에서 눈물이 찔끔찔끔 흘렀다.

주위가 조용한 것 같아서 일어나서 주위를 둘러보았다. 아주머니가 보이지 않았다. 다시 뛰기 시작했다. 집까지는 걸어서 10분 거리, 뛰어서 5분 정도면 도착할 거리다. 무조건 뛰었다. 앞만 보고 달렸다. 정말 내 인생에 똥빠지게 달렸다. 아주머니는 더 이상 쫓아오지 않았다. 집에 들어와서 땀을 엄청나게 흘린 나를 보고 어머니가 놀라서 쳐다보았다. 어머니와 눈이 마주친 나는 무조건 잘못했다고 빌었다. 무슨 영문도 모른체 어머니는 그냥 나를 안아주셨다. 그날 이후로 남의 집 대문 벨을 누르고 도망치는 장난은 더 이상 하지 않았다. 그 아주머니께는 30년이 넘었지만 이 자리를 빌어 죄송하다는 말씀 전하고 싶다.

그날의 선택

아직 남아있는 내 인생에 어떤 어려움과 고비가 또 올지 모른다. 지금까지 살면서 힘든 시기는 몇 번 있었지만, 그 중에서 가장 힘들었기 시기가 6년전 2012년 초 겨울이었다. 책에도 몇 번 언급하였지만 그 해 겨울 회사에서 해고 당한 후 2~3달 기간은 참 정신적으로 견디기 힘든 나날의 연속이었다. 영화 〈올드보이〉의 최민식처럼 그냥 방에 처박혀 내가 어쩌다 이렇게 되었을까 하고 한탄만 했다. 그렇게 멍하고 우울하게 지내던 어느날 나는 극단의 선택을 하기로 했다. 지금까지 한번도 자세하게 언급한 적이 없는 이야기다.

지금도 일요일이 되면 아내와 아이들은 교회에서 예배를 드리고 봉사활동으로 저녁까지 머무른다. 그날도 일요일이었다. 눈을 떠보니 이미 해는 중천에 떴고, 집에는 아무도 없었다. 아마도 아내가 아이만 데리고 교회를 간 것 같았다. 잠은 깼는데, 그냥 귀찮고 무기력한 느낌에 누워만 있었다. 다시 눈을 감았다. 계속 이렇게 살아야 하는지 허무한 느낌에 영원히 자고 싶다는 생각이 들었다. 서랍 속에 넣어둔 수면제를 꺼냈다.

수면제 몇 알을 입에 넣고 물을 마셨다. 근데 너무 떨려서 삼키지 못하고 뱉어버렸다. 죽을 용기도 없을뿐더러 이렇게 이 세상과 이별하기 싫었다. 그냥 또 하염없이 눈에서는 눈물이 흐른다. 이런 내 자신이 너무 한심했다. 그렇게 수면제를 손에 꽉 움켜쥔채 눈을 감고 멍하니 누워 있었다. 그러다 또 잠이 들었다.

일어났더니 그 당시 3살이던 큰 아이의 목소리가 들린다. 교회에서 다시 집으로 돌아온 것 같다. 그 목소리가 내 정신을 다시 돌아오게 했다. 지금 돌이켜보면 아내에게 참 못할 짓을 했다. 그날의 선택으로 마음먹고 실현했다면 다시는 돌아올 수 없는 강을 건넜을지 모른다. 참으로 어리석은 선택을 한 셈이다. 이후로는 다시는 그날에 있었던 행동은 하지 않았다. 어떻게든 살려고 발버둥쳤다. 그리고 아내와 아이를 생각하며 마음을 다잡고 다시 방법을 찾기 시작했다.

지금도 뉴스에 잘 나오지 않지만 한번의 선택으로 자신을 버리는 사람들이 늘어나고 있다. 그런 선택을 할 수 밖에 없는 자신만의 이유가 있을지 모르겠지만, 다시 한번 재고하여 참고 견디면서 살다보면 반드시 한번쯤 좋은 날은 올거라 믿는다.

아버지의 눈물

아버지의 어머니, 즉 나에게 할머니는 초등학교 1학년때 돌아가셨다. 아버지는 30대 중반의 나이셨는데, 어릴 때 아버지가 우시는 걸 많이 본 적이 없다. 눈물이 많고 힘들면 투덜되는 나와는 달리 아버지는 힘든 일이 있으셔도 전혀 내색하는 법이 없으셨다.

어릴 때 기억이라 뚜렷하진 않지만, 할머니의 장례식이 계속 진행되는 동안 아버지는 수도없이 눈물을 쏟아내셨다. 아버지에게 할머니의 존재는 대단했던 것 같다. 할아버지가 젊은시절 할머니의 속을 많이 상하게 했다는 이야기를 들은 적이 있다. 이것이 홧병이 되어 암으로 발전하여 병을 얻으신 할머니는 지금으로 따지면 젊은 축인 60대 중반의 나이로 돌아가셨다.

장례식이 끝나고 아버지는 논에 있는 볏짚에 기대신 채 내 손을 붙잡고 다시 한번 엄청난 눈물을 쏟아내셨다. 보고 싶은 할머니를 부르면서……. 나는 영문도 모른 체 같이 아빠 울지마 라고 소리치며 같이 울었던 기억이 난다. 그렇게 시간이 벌써 30년이 넘게 흘렀고, 작년 가을에 할아버지께서 돌아가시자 할머니와 같이 합장하여 모시게 되었다. 아마도 시간이 흘렀지만 아버지의 마음에도 부모님이란 단어는 그리움의 대상일 것이다. 나도 여건이 허락되는 한 살아계신 부모님과 장인어른께 최선을 다해야겠다.

아이를 데리러 교회에 가는 길에 잠깐 눈에 띈 장례식 차량을 보며 어머니를 그리워하며 구슬프게 눈물을 흘리신 아버지께 전화 한통 드려야겠다.

에필로그

올해 딱 만으로 40살이 되었다. 지난 세월을 돌아보면 내가 하고 싶고 되고 싶고 갖고 싶은 것은 다 해봐야 직성이 풀렸기에 무조건 들이대고 시도했다. 성공하는 것보단 그 안에서 깨지고 실패하는 나날들이 많았다. 그에 따른 절망과 좌절감도 상당했다. 견디기가 힘들고 마음을 다잡지 못한 채 방황하는 시간도 많았다. 하지만 그 실패 안에서 내가 할 수 있는 것을 찾고자 노력했다. 독서와 글쓰기를 통해 조금씩 극복하면서 실패 안에서 배울 수 있는 점이 있었다. 그 배움을 통해 내가 조금 더 성장하고 있다는 것을 느낀다.

또 많은 경험을 하면서 좋은 추억도 선물로 받게 되었다. 창피했던 기억, 즐거웠던 시간, 행복한 순간들은 시간이 지나면서 다 추억으로 남게 된다. 그 추억을 다시 한번 떠올리면서 지금 힘들고 지칠 때 한번은 웃으면서 힘을 낼 수 있게 해준다. 앞으로도 이런 좋은 순간들을 채워나가고 싶다.

지나간 실패나 추억은 긴 인생에 있어서 하나의 과정일뿐이다. 지금 당장 실패하고 힘들더라도 좌절하지 말자. 지금 당장 즐겁고 행복하다고 너무 들떠있지도 말자. 인생은 늘 동전의 양면이다. 지나간 나의 실패와 추억에 안부를 물으면서 바람부는대로 낙엽지는대로 흘러가듯이 오늘도 행복하게 살아가는 자세가 가장 중요하다.

끝으로 이 책을 쓰게 도와주신 가족, 친구와 지인 등 모든 분들에게 감사드린다.